被捡起的时光

焦文学 著

散文卷

郑州大学出版社

图书在版编目（CIP）数据

被捡起的时光. 散文卷／焦文学著. — 郑州：郑州大学出版社，2022.3（2023.7 重印）
ISBN 978-7-5645-8523-5

Ⅰ．①被…　Ⅱ．①焦…　Ⅲ．①散文集 – 中国 – 当代　Ⅳ．①I217.2

中国版本图书馆 CIP 数据核字（2022）第 002270 号

被捡起的时光·散文卷

BEI JIANQI DE SHIGUANG·SANWEN JUAN

策　　划	李勇军	封面设计	孙文恒
责任编辑	暴晓楠	版式设计	孙文恒
责任校对	刘晓晓	责任监制	凌　青　李瑞卿

出版发行	郑州大学出版社（http://www.zzup.cn）
地　　址	郑州市大学路 40 号（450052）
出 版 人	孙保营
发行电话	0371-66966070
经　　销	全国新华书店
印　　刷	永清县晔盛亚胶印有限公司
开　　本	890 mm×1 240 mm　1 / 32
总 印 张	15
总 字 数	270 千字
版　　次	2022 年 3 月第 1 版
印　　次	2023 年 7 月第 2 次印刷

书　　号	ISBN 978-7-5645-8523-5　总 定 价：68.00 元（全二册）

本书如有印装质量问题，请与本社联系调换。

序　焦文学的文学魅力

王兴舟

这段时间一直在病中，几乎没有动笔写东西，但时间的富裕，让我拥有大量的阅读机会。前段时间，有朋友给我介绍焦文学的作品，说是看看你会有话要说的。焦文学的文集《被捡起的时光》便是我在这段时间里反复品读的作品。读后觉得焦文学的作品精短如镌，类如小品，布局也很巧妙，很适合我的阅读习惯和审美趣味。焦文学的作品似乎是我阅读过的文学作品中的一个变数，集子里的文章时而舒缓细流，时而惊涛拍岸，时而沉默如翁，时而欢快如童，让我时而惊奇，继而愉悦，再而击节，终而沉思，时间久了，又有了些迷惑。

焦文学，我是不认识的。对焦文学的文学印象，全是从作品中来的，所以谈的可能抽象，或许会陷入片面化，但来自客观的分析和认识，会减少很多的主观偏见，从而更接近真实。

　　真实是散文的生命。焦文学的散文篇章给予我最突出的印象就是"真"。真实的内容，为文的真诚，感情的真挚，每文都是带着真情去写作，把自己摆进去，真正体现出的是真情实感，而不是虚情假意，从自己的内心深处去生发情感，她这样的作品很多，也很打动人。

　　焦文学对文学的皈依心理。从她的作品中可以看出焦文学对文学的挚爱，每一篇每一句，甚至每一个字都可以看出她的精心、精细和精致，倾注了浓浓的情感，像是从自己情感海洋里打捞出来的精美石子，垒砌起来一面亮丽风景墙，斑斑点点皆是情感的高度浓缩。焦文学热爱文学创作，不论是少年学生生活，还是乡镇基层工作、机关繁忙事务，她的经历和职业使得她更加亲近文学，让文学为她的学习和工作平添一双腾飞的翅膀。她在自序中说："小时候就有一个梦想：希望自己长大后能像父亲那样把文章发表在《人民日报》这样的国家级大刊上。""从来没有停止过对文学写作的追求与梦想。"岁月流逝，职场变化，寒来暑往，对文学的那份初心，那份情感，永远不变，奔波如歌，像追逐太阳的赤子，满是辉煌！

　　焦文学的散文谋篇布局和词语运用很有特色。《等你那么久》构思巧妙，这个题目本身就是一个甜甜的娇嗔，将所写之事与主旨形象地贴合，给人以生动又美妙的感觉。这样的结构在集子里不是个例，虽有斧凿之痕，却成就了一种美学意象。集子里的散文，很多是写人写情感的，以文立心，目击成诗，写得独特而有意味。但因人物、事件和地点的不同，表现出来的感情又大不相同。如《冬至忆事》中的"吃饺子"、《印花布艺》中的"印花包裹单"、《车轮滚滚永向前》中的"织锦缎棉袄"，虽都是写骨肉亲情的，但表达的情感不一样。母女情是从小到大在母亲身边磨出来的、泡出来的、惯出来的，比任何情感都浓密、细腻、琐碎、朴实、真实，但写这样的文章也最易致流俗，写得散，写得碎，写得花开叶散，漫天飞云。但焦文学能在纷繁中抓住最纤细微小的情感点，让母亲的形象凸显出来，使文章筋骨分明，没有啰唆琐碎之嫌，绵密、整洁的叙述，成就这本文集的清音，这便是一种用心，也是一种匠心。焦文学散文的用词准确、贴切，极为精心、精准，都显示了她良好的文学功底。文字也简洁明朗，很有力量，很有精神，有磐石之韵，但单纯的文字还不是文学，只有每一个字、每一个词准确而巧妙地排列成行后，每一个字、每一个词经过糅合和再生才有新的生命，才能产生独特的美，才能成为一种从未有过的感觉，一种可看可闻可触可摸的感觉。我们可以依赖焦文学文中的每一个字、每一个词，甚至每一个标点的组织，而将悬置于文章之上的内核，抽丝剥茧地从她文本复杂而纷繁的景况中抽捡出那一个陡峭而隐藏的"思想"来。为什么我要热衷去寻觅她散文中的那若有若无捉摸不定的"思想"呢？因为我相信，风格即思想。思想决定着风格，同时风格也是其思想的艺术表现，此乃文之所以如此写的必然，也是创作个性化的缘由。说到焦文学散文的"简洁"，我就想到了海明威，那是20世纪小说最典范的简洁楷模。焦文学的散文也惜墨如金，字字句句都蕴藏着丰富的含义，除了语句的短促之外，亦有灵感闪烁的匆忙，某些似乎精神孤洁的自喜与理壮，形成她为文的底色与底气，从而形成了自己的腔调、语言和表达方式，抒发出了自己在文学创作上的独有的气质和秉性，使作品呈现出异质化的展示，产生了朴素而平易的吸引力，观点鲜明，论述犀利，但不咄咄逼人，相反，如激流展缓，汩汩而见妩媚。其实，语言的美，不在语言本身，而在语言暗示出什么东西，传达了多大的信息和道理，可喜的是我已经看到焦文学正在精心地做着自己的努力！

　　读作品是与作者的一种分享和共鸣。焦文学这本集子让人几乎忘记了欣赏文学的技巧，就不由分说地沉浸在她诗文的至真至诚至爱至美的澄澈中，感受到那些比喻、描写、细节、跳跃、联想、趣味、诗意、画面的魅力，谁能说这不是一种审美上的享受呢？作品是一种传授，没有一个作者不希望自己的作品得到传播，且能从中得到一些启发和收获，但这一切决定于作者的阐释与叙述，决定于读者的阅读与欣赏。如果你能静下心来，细细品味，慢慢理解，就会更多地品出焦文学营造的文学世界的玄妙来！

读，然后知其妙。我抛砖引玉作引导，希望更多的读者能够读到这本集子，我还期望与大家共同探讨《被捡起的时光》阅读的体会与心得呢！

2021 年 10 月 16 日晨
于耕雨堂

自序

　　小时候就有一个梦想：希望自己长大后能像父亲那样把文章发表在《人民日报》这样的国家级大刊上。

　　从来没有停止过对文学写作的追求与梦想。

　　上小学时，有一次上语文课老师让学写作文，不知从何处灵感涌动的我拿起笔和纸就写道："小铅笔，手中拿，写文章，似刀枪……"当同学们交齐作文后，当时的班主任、我的语文老师周占陆站在讲台上，挥挥手请大家安静下来后，手里拿起我的还是用红头绳系着的作文本，用不太标准的普通话给全班同学读起了我所谓的好诗歌。同学们用羡慕的眼光看着我，我也异常高兴，没想到自己写的诗歌受到老师的表扬，并被老师当成范文读给同学们听。

　　岁月流淌。当我转入安阳县第四高级中学去复读，刚入文科班不久，我的作文有幸又被老师"捧"在手中以范文的形式给同学们朗读："我躺在房坡上乘凉，忧伤地望着天空，独自消受高考失利带来的痛苦。而那些不识人间愁滋味的星星们，眼睛一眨一眨的，似在耻笑我的失败和无能……""文学的这篇散文富有真情实感，且形散而意不散，是一篇好文章，值得同学们借鉴。"皮肤黝黑，鼻梁上架着一副眼镜的蔡希华老师这样说道。这篇散文使我在极短的时间里被同学们认识，并从此成为他们心目中所谓会写"作文"的人，我还有幸在下课时被同学们团团围住，共同交流怎样写好作文的感受。所待的班级也是卧虎藏龙，后来才听说，其实当时有同学已在报刊上发表文章了。

寒来暑往。步入工作岗位的我，在业余时间经常动笔习文，写消息、通讯、散文、诗歌，也经常给广播电台和报社投稿。当文稿有幸被采用，当写的豆腐块变成铅字，当从广播里亲耳听到是自己的文章，当收到几块钱的稿费通知单时，自己都会激动上好几天。永远也忘不了20世纪90年代初，安阳人民广播电台金笛老师用甜美的声音播送我的第一篇诗歌《如果我》时，我的激动之情。

《安阳日报》副刊采用我的第一篇文稿《伤春》，是使我真真正正喜爱上写作的、具有里程碑意义的一篇散文。此后，业余时间，便提笔作文。近十年来，文稿见报70余篇（其中散文50余篇），而编审人员至今还从未谋面，是他们付出艰辛的劳动，才使我这个才浅之人的拙文数次见诸报端，且让一些读者和朋友了解了我这方面的爱好。

　　岁月不居，时节如流。为便于留存和印证自己在习作道路上的成长历程，更为答谢各位鼓励与指点我写作的老师和朋友，特收集和整理了2012年至今的84篇文章，辑录成册，诚请各方友人和前辈批评赐教，自是不胜感激。

2021年5月24日

目录

明月遐思

　　傍晚下班稍迟，一人即兴在单位附近的大排档上吃自己较为喜欢的一元火锅。坐在桌旁，耐心等着汤开，一边静心坐着，一边回想这一天的工作，习惯性地抬头活动颈椎，与高空的明月恰好面对，一时间，有关明月的诗词佳句跃然脑海。好一轮明月，你承载着多少人间的悲欢离合？忙碌了一天的人们是否坐在一把藤椅上优哉游哉，是否在享受着人间的惬意？

　　我很留恋儿时家乡的明月。夏季，天气炎热难耐，当时没有电风扇和空调，人们解暑的办法就是手拿一把芭蕉扇，扇来扇去。晚上，兄弟姊妹会卷起凉席上到房顶休息，那样比较凉快。躺在上面，望着夜空，会憧憬美好的未来。最令我难忘的是每年农历八月十五的月亮，那一晚，母亲会把蒸好的带着芝麻和花边的糖饼，连同买的数量不多的苹果、梨、柿子编制成"锅盖",放在椅子或板凳上,对着月亮祈祷,给童年的中秋增添了神秘的色彩。好多美丽的传说大多是在传统的节日里母亲给幼小的我们讲述的。

今晚皎洁的明月预示着龙年中秋的到来。每逢佳节倍思亲,故乡的明月使我想起已故的父亲,他 20 多岁就被错打成"右派",1979 年落实知识分子政策之后,他被安排到家乡的中学教高中语文,第二年春天被查出患食道癌,而且是晚期。校长、同事、家人劝他到医院治疗,他硬是坚持把毕业班送走,让自己所带的学生参加高考后才去肿瘤医院治疗。那一年,他教的那个班有几名学生考上了大学,打破了该校恢复高考后没有学生考上大学的纪录。父亲去世时才 45 岁,那是一个寒冷的冬日,他的同事、学生以及家人在并不大的院子里哭成一片。

在我的记忆中,他亲自书写并挂在办公室墙上的"忠诚党的教育事业"几个字令我终生难忘,这体现了一个人民教师对党的教育事业的无限忠诚,这种忠诚激励我长大成人后在自己的工作岗位上恪尽职守,兢兢业业!

2012 年 9 月 30 日

"冰挂" 遐想

忙碌了几周都没有休息，于是在寒冬的一个星期日，约上几个朋友一起去林州登天平山。

汽车行驶在安林高速路上，心情立刻放松。纳入视线的天是那么蓝，田野里的麦苗那样嫩绿，村庄、工厂和连绵的丘陵都显得那么亲切，远离城市的喧嚣，走出来真好。

冬日里的天平山，没有了春的生机、夏的炎热、秋的丰硕，带给人的是恬静、悠远，好像是沉睡了一般。

第一次在冬日里登天平山，如果不是身临其境，真的不会想到它的台阶、小桥，它的山坡北面都还是被冰雪覆盖着。我们几个一路都是在有雪有冰的地方手拉着手前行，走着走着便看到了悬挂于山崖的串串"冰挂"，它们像是老者的髯须。"冰挂"晶莹剔透，它们有一排几个的，也有几十个的，有的簇拥着，也有的是孤零零的，再仔细凝视，簇拥着的又像是几个、几十个老者在说笑着什么，那孤零零的好似不爱群居、个性孤寂吧。

"冰挂"深深印在我的脑海。我边走边想，在寒冬腊月，它陪伴着大山，一起度过严寒，想迎接来年明媚的春光，那时它们就可以脱掉冬装，融化掉自己乃至销声匿迹，去尽情拥抱大好春光！

寒冬里，无论是游人还是"驴友"都很少，他们都和大山一起在默默坚守，是坚守着对山的忠贞，坚守着自己的那份执着。

人何尝不需要这样，无论何时，喧嚣中要呵护住那份宁静，浮躁中要坚守心中那份淡定，冰清玉洁，坚韧忠诚。

2012 年 12 月 18 日

伤春

　　生病一个多月后，在亲友的鼓励和陪同下，于春天的一个时节去了林州鲁班壑。

　　想着正是春光明媚、生机勃勃的季节，想必此行一定格外让人心旷神怡。

　　说话中不知不觉已经到达目的地。和以往有所不同，自己此行登山虽有领先之心，但不争气的身体令我几乎位居一行人之尾。

　　也许是小病初愈，刚走了一会儿就汗涔涔的。

　　登山运动是耐力和韧劲的比拼，贵在坚持，尽管身体不适，还是走了下来。走到半山腰休憩时，我和同伴几乎是异口同声："这满山的树叶怎么没有生机？"本该是春意盎然的季节，不知为什么树叶大都萎靡不振，好似死去一般！突然有朋友想起：前几天冷空气袭来，林州这儿下了一场雪。经她这么一说，大家才猛然醒悟。

本想着此行应是绿醉我心，哪承想竟是此番光景，让人一下子凉到心底。再往前走，我的心情黯淡，兴致全没。

春怎么会这样！这是长大以来春第一次在我心中形成的灰色！

大自然鬼斧神工，无法抗拒！它可以在一夜之间绿满中国，绿满世界，可以"忽如一夜春风来，千树万树梨花开"，可以万紫千红，也可以在不经意间摧毁一切，就像眼前此景。

春天是美好的，又是极短暂的，它需要我们精心地去呵护，去探寻，去守望！

然而，世间虽然美好却转瞬即逝的又何止是春天！我们的亲情、友情、健康和我们挥洒汗水为之努力奋斗的事业等，都是那么值得珍惜，否则这一切可能会稍纵即逝，成为心中永远的遗憾。

2013 年 6 月 20 日

清凉七步沟

  盛夏的一个周末，跟先生及朋友一道驱车 140 余公里，来到河北武安七步沟。

  一下车，便听到哗哗的流水声，映入眼帘的是一道由三扇门组成的高约 3 米的长方形水闸，水闸前面是一个木制的吊桥。站在桥上，听着水声，联想到童年时老家的农田灌溉水渠和水闸，但已难寻踪迹，成为童年的美好回忆。

  往前走 100 多米，镌刻在石壁上的"七步沟风景区"大红漆字映入眼帘。拾级而上，从景区正门口进去，只见流水淙淙。进入天门山，第一眼看到的是三个石阶一组的三层瀑布，落差而下，把上下两个水潭隔开，山环抱着潭水，更显出水的恬静。远离城市的高温酷热，见到让人欢快的绿水青山，我和先生童稚般脱掉鞋袜迈进水中，脚一入水，即凉透全身。赤脚踩在水底的鹅卵石上，时而用清水洗洗脸，时而蹲下撩撩水，顿时忘了盛夏的炎热。

我们顺着由汉白玉和石块混建的长桥前行，很快来到罗汉峡。此峡山水相映，峡的最顶端有一条金色巨龙依山傍水而卧，龙嘴喷吐出巨大的水流，更衬托出龙的威猛。

坐在水边小憩，全然忘了世间的喧嚣，尽情享受山风的清凉和水的恬静，不由想起"知者乐水，仁者乐山"这句话。

小憩片刻，悠然来到百瀑峡，此峡长约2公里，飞瀑流泉众多，造型万千，百折千回，水流时缓时湍，是七步沟水景的主体。抬头望，山高水长，飞流而下，瀑布外侧好似有粒粒珍珠，令人叹为观止。

顺石阶而上，来到山上的一个亭子休息，亭子一旁是隐士泉。此山此水，令人流连忘返，难怪古代的文人墨客会隐居此处。

峰回路转，低头钻过一个小山洞，来到梦溪湾。一棵巨大的人造松树横卧在小溪上，景致奇特。相传，很早以前有一对男女逃婚到这里，男的叫黄孝安，女的叫梦溪，他们自愿结合，让两棵树当媒人。黄孝安和梦溪在这里定居以后，相亲相爱，过着自由自在的生活。一天，黄孝安为了给妻子治病，到山中采药，这种药只有仙台山有，那里高不可攀，人迹罕至。黄孝安自从上山采药之后，好多天也没有回来，梦溪思夫心切，不停痛哭，茶不思饭不想，久而久之，泪水冲出一条九曲十八湾的小溪，后人称为梦溪湾。听了这则凄美的爱情故事，我为梦溪对爱情的忠贞不渝而扼腕叹息！

　　七步沟的美景出人意料，这里的一山一水都深深镌刻在我的脑海中。

　　　　　　　　　　　　　　2013 年 8 月 27 日

冬至忆事

转眼间又是冬至。

小时候的记忆中，冬至不吃饺子是要冻掉耳朵的。虽还心存疑惑，但也确信为真。能够吃上一顿热腾腾、香喷喷的饺子，在儿时真的是一种奢盼。看着娘择韭菜、和面、擀面皮、包饺子也是一件幸福的事。

我出生在 20 世纪 60 年代中期，生活在生产队里，当时按工分分给各家口粮，对于兄弟姐妹多的家庭来说，能够有足够的粮食吃，也不太现实。那时我家兄弟姐妹多，仅靠母亲一个人在生产队上工，要养活七八个孩子并非一件易事，即使是星期天和哥哥姐姐拉上排子车去城里积肥，攒点工分能够分些口粮，可还是远远解决不了吃饭问题。父亲被打成"右派"后，自学成医生，在村卫生所里上班，有机会给家家户户上门治病，结交了年龄相近又能说得来的大伯和叔叔们，他们有的是"村两委"干部，有的是木工或泥瓦匠。其中有一位姓宋的大爷是村西头六队的生产队队长，每到青黄不接、分的口粮跟不上趟儿时，他就会对我家伸出援手，接济些口粮，因那时他家的孩子也多，多余的口粮也不是太多，只是他们家稍大点的孩子辍学早，不大的年纪就到生产队去挣工分了。在这种情形下，能够吃上饺子也只能是盼着冬至（在老家称"数九"）的到来了。其次就是眼巴巴掰着手指头盼过年才能吃上几顿饺子。

也有偶尔能沾上饺子边的。母亲手巧，量裁制衣是把好手，街门上有的婶婶和大娘手拙，经常是过春节了，她们家孩子的新衣还没着落，还是一块整布。很多情况下，她们就会拿着布料上门，让母亲帮忙，街门上的六大娘就是其中一个。六大爷会木匠，农闲时去城里或邻村做木工活儿，手里有些活便钱，稍宽裕些，六大娘喜好下手捯饬着吃，若是偶尔吃顿饺子，那时是农村认为最好的饭了，她会让自家的孩子一个也不吃，先端一碗热气腾腾的饺子，走上百米远送到我家来。尽管很多时候只是白萝卜丝做馅的饺子，到我家简直就是盛宴。此时母亲会拿着筷子，按着兄弟姐妹的年龄大小，逐个给我们夹饺子，让我们都尝一个，自己却舍不得吃。

如今生活丰裕了，要想吃上顿饺子，简直是毫不费力。周末，有时间、有心情了，上街买上饺子馅，自己在家包，叫上平时忙于工作很少团聚的家人吃上一顿自己手工包的饺子；也或买上几个小菜，略配点小酒，有道是饺子配酒，越过越有。偶尔也可以叫上几个好友，去饺子馆吃去，馅是多种多样的。若是工作忙，既不想去饺子馆也没时间包了，就可以到超市买些速冻饺子回家煮着来吃。总之，再不会有童年时那种对饺子可望而不可即的酸楚了。

心中没有烦心事，赶上人间好时节了。儿时冬至吃饺子的事也已成为我心中一种美好记忆。

2013 年 12 月 23 日

走出家门拜大年

在乡下的老家，春节即正月初一的磕头拜年，是我的美好回忆。

大年初一那天，天才蒙蒙亮，在母亲的催促下，我们兄弟姐妹早早起床，穿上母亲缝制的新衣和手工纳底的新棉鞋，鞋面有的是洋布带格的，有的是条绒带点的，由于那时物品紧缺，也有粗布的。由于孩子多，母亲通常要做一筐鞋。

从头到脚一身新，我们当然兴高采烈。母亲比我们起得早，当我们起床时，饺子已经煮好了。穿着新衣，吃着只有过年时才能饱餐一顿的饺子，心中的喜悦自然不言而喻。

吃过饭后的一个重要任务就是到村里的长辈家磕头。通常情况下，大哥会走在前面，年龄小的几个跟在后边，最先到离我们家最近的二奶奶家、老史的大娘家和正儿大爷家。一进门，我们兄弟姐妹会齐声喊："爷爷、奶奶、大爷、大娘，给你们磕头了！"他们会笑呵呵地说："孩子们，快起来，给你们好东西吃。"他们会把年前就准备好的爆米花、糖等捧给我们，我们会把新衣服的衣兜撑起来，让他们往里装。

住在街中间的本姓家族生儿爷爷、奶奶家是必须去的。接下来就是挨家到一些和父母关系好、平时接济我们家的大爷、大娘、叔叔、婶婶家磕头，一圈走下来，衣兜满满的，平时能吃到的和吃不到的，像花生、软枣、核桃也能装上几个。每逢谁家给了些稀缺的东西，见到门上的小伙伴就会炫耀一下，不管事前他们的父母是否安排到别人家磕头，他们都会跑到那儿挣上几个核桃、花生等，这些是我们当时认为最好吃的东西。

最后，我们会到和自己玩得较好的小伙伴家给长辈磕头，同样会受到贵宾式的接待。

转了一大圈，时间已过去多半晌。此时，还会有许多人陆陆续续到家里给我的父母拜年。在村里，父母的辈分较高，哪个晚辈来了，哪个晚辈还没来，父母心里都有个数，他俩会坐在煤火边耐心等着。在老家，有个传统，凡是年长者都会在家等着晚辈来磕头，直到认为来得差不多了，他们才会走出家门到他们的长辈家磕头。大人磕头比我们完整多了，每到一家都要祝福年长者在新的一年家庭平安、健康长寿。

初一的早晨，看到门框和院子里贴着的大红春联和满地的鞭炮屑，就憧憬来年是个好年景。看到家家户户贴着的春联和大红的"福"字，看着人们脸上的喜悦，感觉这一天最好，要是天天这样该多好啊！

如今，在老家过春节还有浓浓的年味儿，而居住在城市里的人，从电话拜年到手机短信拜年，再到网络拜年，拜年祝福的方式越来越现代，却在不知不觉中感到年味越来越淡、越来越乏味，春节几乎和平常的日子没什么两样。

真的很怀念在乡下老家过的每一个春节。

2014 年 1 月 28 日

等你那么久

"等你等了那么久，花开花落不见你回头……想你我想了那么久，春去秋来燕来又飞走。"在人们的希冀和等待几乎快绝望时，你才飘然而至，你这吝啬的雪，借用这歌词形容比较确切！

17时，我从广场跳舞回家，拿起《古诗文赏鉴辞典》读起来。大约20时许，我去厨房拿东西，不经意抬头一看，院子已是白白一片。呀，什么时候下雪了？

跑到卧室把这一消息告诉先生，然后撩起窗帘看看还下不下雪了，仔细一看，这才发现小区内停放的车上已是厚厚的一层雪，雪下得还很紧。先生说："看来明天登山的计划要取消了。"我说："那不一定，现在的雪下点就算苍天开眼了，看电视吧，说不定一会儿就不下了呢。去年冬天，有好几次天气预报不是说要下雪吗，哪一次下雪了?"

正月初六早上，有着晨练习惯的我依旧早早起床，尽管知道下雪路滑，同伴们肯定不会去跳广场舞，但还是抱着侥幸心理出门了。一下楼，小区的路上有一层厚厚的积雪，停放的车辆好似被盖了一层厚厚的棉被，树木银装素裹，晶莹一片。

看着眼前的厚雪，伴着咯吱咯吱的踏雪声，不知不觉地来到平日健身的广场，广场上静悄悄的，连个人影都没有，只有厚厚的积雪。除此之外，就是飘落的雪花和迎风飘扬的旗帜。

经过中华路，赶紧拿起手机拍了几张雪景，要是来年再不下雪，至少可以有雪的图片欣赏雪景，饱饱眼福，这雪给人们带来多大的期盼呀！

吝啬的雪，人们等你、盼你整整一冬天，始终不见你的踪影，冬季不见了你，使人们忘记了季节变换，整个冬天暖暖的，人们还以为是春天提前到来了。你不出现，人们的喉咙干哑、咳嗽不断，人们都渴盼着你能够飘落大地，润泽万物，荡涤尘埃！

在人们等待、期盼的焦灼中，你还算怜惜万物苍生，终于姗姗而来，喜降人间。在吉祥、祝福声充盈的马年春节假期里，给人们送来了渴盼已久的新年礼物。你这吝啬的雪，快成上苍给人类的奢侈品了，叫人怎能不珍惜呢？就连早上走在雪地里的我，还童稚般地、不时抓一把雪握在手里玩耍呢！

2014 年 2 月 7 日

三月有个美丽的节日

春风和煦，万物复苏的三月，有个美丽的节日——三八妇女节。在这个节日里，女同胞会以不同方式尽情欢度属于自己的节日。有句比喻，女人如花，花团锦簇。

8 年前，我在妇联工作，每至三月，是工作最忙碌的时候。春节过后一上班，就要着手为三八妇女节做各种准备。由于单位人手少，既要安排诸如合唱比赛、健美操大赛等，还想借助社会力量给女同胞送上健康体检、美容、保健等，加上一年一度对"三八"红旗手、妇女工作先进集体等为内容的庆"三八"表彰大会的筹备，连同正式召开大会，忙得不亦乐乎。往往是这一系列活动顺利完成，我也筋疲力尽。当女同胞分享节日欢乐的时候，我还在办公室忙碌，但心里倍感充实，为给妇女姐妹服务而感到高兴。

　　我一直认为自己与妇联有殊缘。上小学时，我看到村里十分能干的改花婶子骑着自行车去公社开会，心里好羡慕，她那时是村里的团支部书记兼妇女主任。1985年，我参加工作，每逢乡里的妇联主席刘书芹大姐去县里开会，我就羡慕不已，心里会天真地想，要是哪一天自己有机会能到县里开会该多好！

　　转眼到了1996年，我到安阳县柏庄镇担任镇妇联主席，之后在这个岗位被组织上提拔为伦掌乡副乡长，中间经过两个单位的工作磨炼，2007年1月，我调到文峰区妇联任职。在镇妇联工作时，各级领导给予我极大帮助，使我大受裨益，终生难忘。在这个岗位上，我养成大胆泼辣、雷厉风行、干工作要勇争一流的性格。同时，我严格要求自己，作为一名女干部，要始终秉承自尊、自信、自立、自强的精神，并以此作为激励和约束自己的信条。

　　我是从妇联这个岗位上起步的，应该回报这个岗位。缘于此，我在区妇联这个岗位上恪尽职守，尽职尽责，在做好日常工作的同时，注重创新活动载体，巩固活动成果。在市妇联和区委、区政府的大力支持下，区妇联的工作多次受到省、市表彰。2010年3月8日，我有幸在省人民大会堂登上领奖台，领取全省"三八"红旗集体奖牌。

岁月悠悠，转瞬又迎来一个属于女人的节日——三八妇女节。当人们满怀喜悦迎接这个节日时，作为其中的一员，我愿曾经或现在还从事妇女工作的同事过一个幸福的节日，祝福天下所有的妇女姐妹节日快乐，美丽一生，幸福永远！

2014 年 3 月 11 日

自行车拾忆

3 月 15 日一大早，透过窗户玻璃放眼一望，蓝天白云，春光明媚，气象预报当天最高气温可达 25 摄氏度。看到这么好的天气，又恰逢是周六，于是有了去户外运动的兴致。

从广场晨练回家后，打点了行装，抖落一下久违的自行车上的灰尘，在小区门岗用气管充满气后，骑上自行车，迎着朝阳沿着中华路向汤阴方向驶去。

沐浴着和煦的春风，心情十分惬意，看着眼前鳞次栉比的高楼大厦，它们显得格外亲切。

骑着自行车，一会儿行至中华路安阳县电厂旧址附近。路西侧商店、超市、快捷宾馆、家具城、饭馆等比比皆是，顿感家乡的变化是突飞猛进，因老家就在此附近。向前追溯二三十年，是想都想不出会有眼前的发展美景。

自己一个人一会儿匀速、一会儿加速地向前骑行，偶尔碰上三五成群结伴春游的户外骑行队，也时不时地追赶，特别想按同样的骑行速度比一下山地车和自行车的差距到底有多大。

骑着车一边感受着城市的发展变化，一边观望着路边绿油油的麦田。此时，田野里已有农民在喷洒农药，也有的在安水泵浇返青水。看着他们辛勤劳作的身影，再想想自己能有时间在周末骑上自行车去户外运动健身，顿觉自己十分幸福。

骑着自行车一路前行，这自行车也引发了我无限的回忆。自行车给我的最初记忆就是稀缺、昂贵。自幼在农村老家，整个村里有自行车的人家，扳起指头都能数得清，谁家要是有急事或急需出远门了，没有自行车骑的人家是得向邻居借的。我家的第一辆自行车依稀记得是红旗牌的，那是父亲骑着到乡中学上班时用的，每周日下午父亲骑着自行车去学校，到了下个周六傍晚学生放学了才骑着自行车回家来。

早时的自行车是二八型号的，横梁、车身较长。我小时候学骑自行车，是父亲手把手教的。那时自己也就不到十岁的样子。在学骑车时，需右脚踩住一个脚蹬往前骑，然后左脚踩住自行车的拐，再把右脚跨过横梁，人才能骑到车上。

上中学时，父亲骑着家里唯一的自行车带着我去学校，我往往是需趁着劲猛跨一下，才能坐到后座上。那时的交通条件差，所谓的大马路往往是高高低低、坑坑洼洼，并且路上有很多的鹅卵石，颠得坐在车后的我十分难受。

我人生中去的第一个旅游景区汤阴岳飞庙，就是父亲骑自行车带我去的。

到市五中上高中时，自行车成了我上学的交通工具。

由于路况差，时不时就会有一个脚蹬螺丝掉了，由于在上学的路上来不及修，运气差时，还会彻底地掉光，自己只好一只脚蹬着自行车，另一只脚还需用脚钩住没脚蹬的那边使劲，自行车才能正常前行。运气最差时，还有轮胎被扎破没法及时赶到学校上课的事情。至今还能回想起自行车链条由于松弛而产生的呼啦声。最让我感念的是在水冶复读的那两年，每次都是先从学校坐公交车回到市区，再从要好的同学喜梅家骑上她家的自行车到家，返校时再由喜梅大姐送我到县中街去水冶的汽车站。这中间她还总是能记起给我买些学习资料，尽管她家也并不富裕！这份情一直深深地记在我的心底。

1985 年参加工作后，自行车的款式就变得多了。先后有了二六型自行车、斜梁的自行车，后来又有了女士骑的彩色的二六型自行车，方便轻快多了。

社会发展真是日新月异，一日千里！有谁能想到普通人的代步工具会从自行车到摩托车，一下子又普及到现在各种型号的电动车，无论在城市还是在农村，拥有私家汽车已屡见不鲜，不足为奇！

由衷地感谢生活的这个伟大时代和它所带来的一切福祉！感恩大自然给予我对生活思考的这份灵感。

2014 年 3 月 20 日

春风又绿护城河

在中原宾馆开了不到一星期的区人大会,上班必经的文明大道上的那段护城河已是绿色一片。

记得枯枝刚发新芽,转瞬已是柳树穿新衣。无数枝条迎风摇曳,片片嫩小的叶子舒展着童真般的面容欢天喜地迎接人们,这不禁使人想起"春风又绿江南岸"的时节已到。笨拙的我想不出用什么语言描述刚长出的嫩叶,它们几片几片地聚在一起,像花瓣,像菱形,还是像展翅欲飞的蝴蝶或蜻蜓?任凭怎么仔细观察也找不到最准确的语言形容。

柳树的枝条不尽相同,树干高大,枝条从高处垂挂下来,像绿色的瀑布,又好似绿色的珠帘,很高傲,有点居高临下的气势。有的枝条在空中半垂着,有的枝条好似要伸手触摸护城河水,但又力所不及。而有的柳枝低垂，接近河面，很高兴地伸出"小手"划拨着无声的水面，划拨出一道道涟漪。

柳树的颜色也不尽相同，有淡绿色，也有鹅黄绿，但不论是哪种绿，只有河岸边的常青绿让人感觉更舒服些，春意盎然，生机勃勃。

我上班经过的一段河畔，从市建公司家属院至乔家巷路口柳树较多，尤其是市第六十六中学——我的母校原市第五中学墙外那段，柳树扎堆似的，形成一道独特风景。

年少求学时没发觉在学校的操场外还有这么美的一道风景。究竟何时有了这么一排柳树，谁栽的，成了我心中的一个谜团。不禁联想到高启的两句古诗："琼姿只合在瑶台，谁向江南处处栽？"尽管古诗是咏梅，而我却用这诗咏柳。

伴随着汽车的喇叭声和呼啸声，走在川流不息的大路上，唯有从市一中路口转向护城河畔时才有欣赏风景的心情。在这难得的环境中用心感受春夏秋冬，还真有一年四季皆不同的风景和人生感悟！

"双飞燕子几时回？夹岸桃花蘸水开。"春天已到，春色满园关不住的时节就在我们身边，神州大地早已春满人间！

2014 年 3 月 25 日

永远的追思

像平常上班一样，到岗后先把手头的工作处理一下，等《安阳日报》送到办公室，立即会看一下当天的报纸内容，尤其是每周二、周四的 7 版内容必看。当读到这版的名为《姑姑走在春风里》文章末尾时，"清明将至"一句让我心中一惊，清明节又快到了？我马上翻起桌上的台历，翻过两页后，台历上赫然显示着 4 月 5 日——清明节。

"清明时节雨纷纷，路上行人欲断魂。借问酒家何处有，牧童遥指杏花村。"杜牧这首妇孺皆知的《清明》诗立即浮现脑际！

过去知道清明节是二十四节气之一，在每年农历三月初一前后，民间有踏春、寒食、扫墓等习俗。上网查了一下有关清明节的相关知识点，比较欣赏《岁时百问》

中的解说："万物生长此时，皆清洁而明净，故谓之清明。"清明节的别名又叫"踏春节"和"三月节"。

年幼时，清明节在我的记忆中是灰色的，因为两个姑姑回家给爷爷、奶奶扫墓时总少不了哭声，所以总感觉这个节日太伤心、太沉重，心里悲悲戚戚的。

清明时节，正是花红柳绿、姹紫嫣红、春光明媚的大好时节，但我们的祖先留下来的习俗偏在这一天扫墓、祭奠亲人，其中的缘故，我总是百思不得其解。

提起这个节日，也让人想起很多已逝的亲人：英年早逝的父亲和两个姑姑。父亲兄妹三人在不到一年半的时间里相继去世，此后，母亲连姥姥家也很少去，因为两个姑姑和姥姥家是同村，一进村头是二姑家，再往村里不到姥姥家又要经过大姑家，想起十多个没有娘疼的表兄妹们，母亲泪水涟涟，走不到姥姥家已哭成了泪人！

常言道：纪念逝者，是为了更好地孝敬活着的人！尽孝需尽早，莫落"子欲养而亲不待"的遗憾！人生无常，身边的亲人有的竟没跟我们说上一句话，没见上最后一次面，就永远地离我们而去，成了我们心中一生的痛！

清明节已被定为国家法定的假日，我们应在这一天去祭奠我们的先烈、先辈，去追思缅怀先烈、逝者，在以后的生活中更好地去孝敬父母，珍惜友情，善待生命，把握未来！

2014 年 4 月 4 日

邂逅春雨

"好雨知时节，当春乃发生。随风潜入夜，润物细无声。"早在 20 多年前，通过收音机听中央人民广播电台著名播音员方明朗诵唐代诗人杜甫的这首《春夜喜雨》时，我如醉如痴，在方明那充满磁性声音的衬托下，更觉这首诗妙不可言。

每天关注气象预报，在抬头看着阴沉沉天气的等待中，今年的第一场春雨终于不期而至，从 10 时下到 23 时。从小区门口到家这一段路，我不撑雨伞，好不容易与春雨邂逅，怎么能错过让春雨飘落到脸上的机会。雨下了这么长时间，户外的景物如何？恰好是周末，在我的请求下，先生开车载我到田野。

车停在高铁与高速公路之间的一大片麦田旁，我走在泥土路上，望着绿油油的麦田，顿觉心旷神怡。路边的麦苗的叶子上有无数颗晶莹的露珠，微风吹过，麦苗的叶子轻轻晃动，露珠没有滚落，我想它们是眷恋麦苗的缘故吧。

有一句歌词："城里不知季节已变换，不知季节已变换。"我想并不是说生活在城市里的人真的不知道季节变换，而是由于去乡下的机会较少，对季节变化的感知没那么准确而已。这次踏春，让我没想到的是麦地里已有麦苗抽穗。抽穗的麦苗不尽相同，有的幼穗被麦叶紧紧包裹着，有的麦穗已完全挣脱麦叶的包裹，自由地呼吸着湿润的空气，而有的麦穗已长出细而尖的麦芒，让我惊叹。

走在希望的田野上，眼前的麦田绿油油的，麦叶长得很肥，麦田里有一种茁壮生长的趋势。

站在田间的小路上驻足眺望，远处是如轻纱的薄雾，有种"水面初平云脚低"的感觉，薄薄的雾好似贴在麦田上。

在小路两边，有我童年时在田间地头才能看得见的芦苇草，叶子还很小。一旁是开着白色小花的不知名的野草和嫩叶呈柏树状、开着黄色小花的蒿草。眼前的景物，不禁勾起我对童年的许多美好回忆。

我站着的小路叫芒种路。农忙时，这条路上人头攒动，车水马龙，一片繁忙景象，而此时竟寂静无一人，但我能想象出农民种麦收麦、种玉米收获玉米时那一脸灿烂的笑容，这一切都发生在我们生于斯长于斯的这片广袤土地上！人们无论是进行工业还是农业生产，都离不开这广袤的土地。人类无论做出多么辉煌的成就，也离不开这广袤的土地。我们生活的这片土地，悄无声息地为人类做出了巨大贡献，都说大爱无言，但此时，"大爱无声"四个字从我心中喷涌而出！

保护地球，爱护我们赖以生存的家园，何等重要！如果我们有能力做好事、善事，无须张扬，如果有能力为社会做贡献，更无须言表，因为比起从这片广袤土地上的丰厚获取，我们对其是否爱护得太少？

多么希望再次与春雨邂逅！

2014 年 4 月 15 日

我与《安阳日报》共成长

"三十而立，30 年风雨历程，30 年春华秋实……"当读着 4 月 15 日《安阳日报》编辑部刊登的"我与《安阳日报》"有奖征文启事时，心潮澎湃，感慨不已，联想起自己与它结缘的许多往事。

记得第一次与《安阳日报》接触，是 1985 年刚刚参加工作。那时，能读的报刊极少，唯一能看到的是推迟一天才能送到乡政府的《安阳日报》，而且乡机关干部只有在政府办公室才能看到。往往是报纸放在办公室的桌子上，早上 8 点前上班签到时大家会争抢着看一天前的《安阳日报》内容，通过这种方式去了解全市的政治和民生等相关信息内容。

时隔 11 年，我调到柏庄镇党政办工作时，有幸第一次走进《安阳日报》社的大门去送新闻稿件。那时报社的地址还在市永安街三巷，在我的同事瑞萍大姐的陪同下，上到了报社的三楼新闻编辑部（经济部），认识的第一位编辑是刘海民老师，他很热情地接过稿件，使我原本有点紧张的情绪立即放松下来。刚开始学写新闻稿件时，对新闻写作的"五个 W"要求不了解，往往是凭着热情和兴趣写，通过信件邮寄，待编辑部收到稿件后，时效性已没有了，所以稿件往往采用不了。当送稿子有幸接触到刘海民、刘志伟两位老师时，通过他俩指点，我才对这些新闻常识有所了解。第一篇变成铅字的稿件——《柏庄镇："植树节"里植树忙》就是在《安阳日报》上发表的。这么多年来，我内心一直很感激这两位老师，可以说，他俩是我新闻写作的启蒙老师，我们素昧平生，看过我送的稿子时却能及时指点，让我这个最基层的通讯员从对新闻写作的一无所知到有所了解，经过几年的学习和努力，后来有机会能够拿到安阳县优秀通讯员等一系列奖项！我所愧疚的是，由于种种原因，自己这么多年竟没有到报社去看看他们，或者通过其他途径找一下两位老师的联系方式问个好，或者能坐下来吃顿便饭聊聊天，只是偶尔在报纸上能看到他们写的文章。也许他们已不记得我，但他俩身上体现的党报人那种亲和力和敬业精神仍深深印在我的脑海！

此后，我在区妇联和疾控中心工作，因为宣传报道方面的事，我有幸结识了李涵和周伟刚两位记者，他们也都是那样平易近人，极易沟通，不盛气凌人，不居高临下，有着极好的职业道德和个人修养。2013年的记者节时，本想着写篇稿子，但由于其他原因搁浅了，为此，我很自责！

从上班开始，无论工作多忙，《安阳日报》我每天必看，尤其是第7版整版必读。近30年来，通过读报学到了好多知识，受到很多启迪，从新闻写作，到国学和现在自己喜爱的诗歌、散文写作等，受益是多方面的。从一定程度上讲，自己也是通过学习借鉴报纸上别人写的一些稿件和文章才使自己的写作能力有了提高，加上编辑部老师们的辛勤工作，妙笔生花，文稿才有机会在《安阳日报》上发表。从2012年中秋节《安阳日报》第7版刊登的第一篇文稿《明月遐思》，到现在时不时编辑老师们让我的拙稿见报，其间田伟老师、高学艳老师，还有王若虹主任和其他编辑，他们一定都付出了巨大的心血，尽管至今许多编辑还未曾谋过面！还好，有道是：君子之交淡如水。但越是这样，为了办好党报，他们那种无所求的高尚情怀和职业操守，更加令我敬佩不已！

"山高水长"，我愿《安阳日报》越办越好，越办越灵活，越办越红火！也望有机会《安阳日报》能搭建一个编辑和写作者们沟通交流的平台，能够认识一下那些甘当绿叶的、在幕后默默耕耘的编辑老师们，向他们虔诚地道上一句：你们辛苦了！

"感恩的心，感谢命运，花开花落我依然会珍惜！"与我共成长的《安阳日报》，我永远会是您最忠实的读者和最忠实的撰稿者！因为是您，让我学到了很多，也收获了很多！

2014 年 4 月 23 日

遇见立夏

"听风听雨过清明，愁草《瘗花铭》。楼前绿暗分携路，一丝柳，一寸柔情。"在人们盼春、赏春、惜春、伤春的顷刻，蓦然回首，夏天已至。

立夏，与人们不期而遇。它不像立春那样令人期冀、守候、伤感，但无论人们想与不想，它总会按自己的脚步如期而至。

立夏没有春的喜人、妩媚、姹紫嫣红，但经过春的孕育之后，它变得热烈奔放，燃烧自己，为的是一个硕果累累季节的前奏。累了，休整一下，待到秋天，让收获的人们用事实去评判！

事实上，待到秋，人们就笑了，苹果红、梨子黄、柿子红，夏的踮步成全了秋的千里！

立夏，是女人的时节！数款令女人倾心的裙装，会在夏季尽情绽放，风姿绰约，楚楚动人，令女人大放异彩。

夏天，也有令人无奈的地方。高温下，酷热难耐，让人恨不得见到有凉水的地方就一头扎下去，来一个凉水浴或一个凉水泳！

有时曾想：春天虽好，也是转瞬即逝，而紧随其后的夏天，也无可阻挡。但正像春夏秋冬四季轮回是不可抗拒的自然规律一样，无论人们喜欢不喜欢，高兴不高兴，夏天和其他季节一样，按照时间节点，如期而至。这是大自然的规律，也像人生必须经过的一个阶段，不可跳跃！但无论如何，它是我们生命的一部分，不可或缺，必须经历！

一切如期而至、不可抗拒的事物，我们就应以积极的态度去应对、去接受。

立夏，不知不觉已悄然而至，在人们不经意间！

2014 年 5 月 6 日

又到粽叶飘香时

时间过得真快，记得刚是"几处早莺争暖树，谁家新燕啄春泥"的春天，转瞬又是"梅子金黄杏子肥，麦花雪白菜花稀"的初夏。今年的端午节又在人们的匆匆步履中来到眼前。

说起端午节，不禁想起早年在农村老家过节的一些情景。

每年过端午节时，给我印象较深就是有一种麦收在即的紧张氛围。因为一般在小满前周边十里八村的四月十五庙会上，邻里和父母就要去购买收割麦子用的镰刀等农具了。端午节，农忙五月收麦子时吃的白面，邻里和父母都会提前到村北的面粉厂换上满满一缸，为麦收做好充分准备。

最怀念在老家过端午节了。那时的端午节，由于物质生活条件有限，吃粽子是沾不上边的，主要是吃自己家炸的油条、菜角和糖糕。每到端午节这一天，母亲会极早地起床，盛上一盆白面，先用烧开的水把面烫好，再把炸油条的面和好，间隔一段时间，母亲会把用粉条、韭菜调成的馅包成一锅盖一锅盖的菜角，所有准备工作做好了，再集中烧火炸上几盆来吃。现在回想起母亲炸的香喷喷、酥生生的菜角，真是一种很美的享受。在我早年的记忆里，除了春节，端午节是另一个重要的节日。

在端午节能够吃上粽子，是参加工作多年以后的事了。说起端午节，除了吃粽子和南方的赛龙舟，在这个节日里，人们自然还会想到一个人，这就是伟大的诗人屈原。最初对端午节的了解一知半解，懵懵懂懂；对伟大诗人屈原，也是从历史课本上了解到的。当初老师讲屈原时，留给我的印象就是"举世皆浊我独清，众人皆醉我独醒"的高洁和他壮志未酬、愤然投入汨罗江的壮举！当地老百姓为纪念他，才有了端午节。关于"史家之绝唱，无韵之《离骚》"，是以后才学到的文学知识。

端午节既然是纪念屈原，何不把他的作品再拜读一下！我脑子里突然冒出这个想法，出于敬仰之情，写这篇文稿时，我专门用两天时间读了多遍屈原的《离骚》和《九章·涉江》。前篇气势如虹，如大河奔流；后篇的用词华美和神奇象征手法令人折服。诗人那种怀才不遇、生不逢时、报国无门和不为人知的忧愤，贯穿全篇；同时，诗人为实现自己的政治理想而不改初衷的品格更令人敬佩。通读《离骚》和《九章·涉江》全篇，对"路漫漫其修远兮，吾将上下而求索""世溷浊而莫余知兮"有了更深的理解。尤其是《离骚》，作为中国文学的奇珍、世界文学的瑰宝，更令人震撼。

在过我们中国人自己的传统节日时，除了传承好其饮食文化外，知道节日的内涵、汲取它所蕴含的民族精神更为重要，这是再读屈原作品时给我的深切感悟。

又到粽叶飘香时。端午节，在吃香香甜甜的粽子时，我们每个人都要好好体味一下这个节日我们应该传承的节日内涵是什么。

2014 年 5 月 30 日

夏至记忆

　　"天长长不过五月，天短短不过十月。"这是早年记忆当中父辈经常说的一句节气俗语，话里的时间当是指农历。

　　儿时提到"夏至"两字时，从字面理解感觉就是夏天要到了。待到初中上地理课时，才知道它是二十四节气之一，并在老师严厉的督导下，背着二十四节气歌"春雨惊春清谷天，夏满芒夏暑相连，秋处露秋寒霜降，冬雪雪冬小大寒"。

　　待到上高中时，对"夏至是在每年的 6 月 22 日前后，太阳直射点在北回归线上，北半球各地昼最长、夜最短"的理解就较为深刻了。

　　说起夏至，对它还真有一种特殊记忆和感触。每到夏至前后，最怕过的就是星期天。上初中前，还是在生产队，由于兄弟姊妹多，而且都在上学，所以单靠母亲一个人挣工分，根本分不够口粮。为了能多积攒点工分，多分点口粮，每逢星期天，本该痛痛快快地睡上一觉、玩上一天的我，不得不和哥哥姐姐一块儿拉起排子车到城里去积肥。夏至前后的早上，天几乎是在四五时就开始蒙蒙亮了。

由于天黑得迟，白天上学再加上和小伙伴们玩，待到母亲下工从地里回来，吃晚饭一般就到晚上 8 时以后了，加上洗漱，休息时一般就在夜里 10 时。夜短人困，能够甜甜地睡上一觉该是多美的事！可天还不亮，母亲就会叫我们早早起床往城里赶。由于睡觉时间短，往往是昏昏沉沉地就跟哥哥姐姐拉上排子车赶路了。自己年龄小，哥哥姐姐很爱护我，经常是他俩拉着车，我躺在车上睡，而叫醒我时已经到城区了。

现在回想起当年夏天早早起床的那个困，还是觉得不堪回首！

岁月悠悠，季节更替。夏至作为二十四节气之一的时间节点，已成为步履匆匆的人们生活当中的一个标点符号，但不同的人对于不同的时间节点也会有着不同的记忆和生活感触。

夏至，作为我儿时的一种回忆，虽艰辛、苦涩，但现在回想起来，它又是一种苦中带甜的记忆。因为它使我从小增强了劳动的本领，秉承了中国农民吃苦耐劳的精神，这种精神使我在以后的工作中大受裨益。

生活中，有多少带着双重味道的回忆让我们去寻找啊！

2014 年 6 月 20 日

大暑浮想

色彩缤纷的太阳帽、形色各异的太阳镜、骑行车上的遮阳伞和新近流行的防晒口罩，这些构成了大街上一道盛夏的风景。在人们不知不觉间，时间的指针已到了大暑气节。

大暑，二十四节气之一。在每年的 7 月 23 日或 24 日，太阳到达黄经120°。《月令七十二候集解》："六月中，……暑，热也，就热之中，分为大小，月初为小，月中为大，今则热气犹大也。"顾名思义，"大暑"前后是一年中温度最高、天气最热的时段。

温度居高不下，热气难耐，动辄一身汗，这是大暑节气的显著特征，凡夫俗子都应有此同感。遥想小时在农村，暑伏天午休时，一般都是在屋室的外间，地面上洒点水，稍候就铺展竹簚凉席，席地休息。刚躺下时觉得天热，就会拿把荷叶扇子来回扇，那时荷叶扇一般都是用布包上边，再用线缝过的。再后来，生活条件稍好一些后，家里安上了吊扇，午休时就舒服多了。但最怕的就是村里停电，一遇停电，无论家里还是家外都有种无处待的感觉。也有时母亲嫌姊妹们吵得慌，影响她休息，我们就会去过道午休，因为街门一开，两头通风，也是蛮凉快的。

对于暑期的记忆，还有就是经常吃苦苣菜，炒的是来配作卤子用，也有是配上蒜汁凉调着吃的。其次，就是吃北瓜的次数较多，一般情况下是醋熘北瓜丝吃打卤面条，还有就是把北瓜切成块煮小米饭和用笼蒸着吃的，因为那时北瓜是生产队种的主要菜，往往分菜时，家家户户都是成麻袋往家扛。像大多农村孩子一样，夜晚，兄弟姊妹卷起凉席和盖的布单上房顶休息也是常有的事，夏日的夜空也激起了童年许多美好的梦想。

此外，暑期跟哥哥姐姐和邻居的小伙伴们钻到一人高的玉米地里割草，也是年少时一种难忘的记忆。玉米叶子和玉米缨刮着胳膊和脸的那种疼，汗水流到眼里蛰得睁不开眼的不舒服，玉米地里的潮湿和闷热，没有这种生活经历的人是难以想象的。这些往事，已成为积淀在心中永恒的记忆。

　　大暑前后，人们汗流浃背，挥汗如雨，酷热难耐，让人不知所措。北宋诗人王令曾有诗云："清风无力屠得热，落日着翅飞上山。"就是对暑旱酷热难当的生动描绘。现实中的人们假如在暑天幸运的话，能够遇见"一夕骄阳转作霖，梦回凉冷润衣襟"的境况，邂逅一场大雨，静心凭窗眺望一下碧绿如洗的万物，休憩一下疲惫的心灵，是一件多么惬意的事！

　　骄阳似火、汗流浃背时我们辛勤工作；天阴下雨，权当是太阳累了，乌云和雨当值。如此这般，及时除去暑日的烦躁，适时调节好自己的心情，快快乐乐地工作，高高兴兴地生活，过好当下的每一天，走好脚下的每步路。因为，青春易逝，人生易老，"黄尘清水三山下，更变千年如走马"。人的生命在历史的长河中婉若沧海一粟，它脆弱得不堪一击，甚至都没有一岁一枯荣的小草幸运。人生不可复制，也不能重来，它是那样弥足珍贵，值得人们去珍惜、去把握，暑天再难熬，也要平心静气地把它一天天过好！

　　大暑，是二十四节气中的第十二个节气。时间又过去了一半，接踵而至的便又是立秋了。常言道："三伏"不尽秋来到，数热之后就数冷。时间好似一个魔术师，让人看不见，摸不着，转眼的工夫一年又一年就这样过去了，难怪古圣人说："逝者如斯夫。"

在慨叹了时间易逝和生命的珍贵之时，即使我们不像修禅大师那样能够参透人生，但无论天冷、天热，不论春夏秋冬，我们都以一颗平常心过好当下，这是很易做到的，心静自然凉。正所谓"春有百花秋有月，夏有凉风冬有雪，若无闲事在心头，便是人间好时节"。

大暑节气给人以无穷的联想、思索和深刻感悟。

2014 年 7 月 18 日

窗台上的无名花

　　周末在家休息，看过一会儿书后，感觉闷热，便随心地去打扫室内卫生。打扫女儿的房间窗台时，突然发现窗台上那盆我叫不出名的花干涸了。我赶快跑到卫生间接了几杯水浇了浇。浇过之后，几乎是有点心疼和自责地站在那儿，目不转睛地看着它。

　　屈指算来，这盆花我已养了近四年。刚入住小区时，有一次去花卉市场买花，选了两盆君子兰和一盆绿萝之后，在快要出花卉市场门口时，一盆极小的花映入我的眼帘。这盆花有三株很小的幼苗，每株幼苗都只有三片叶子，吸引我的是它紫色间白的花盆和与它极其和谐的同色底盘，极为好看。经询价后，仅以几元钱便把它买了下来。由于只是喜欢花盆，加上售花老板说此花极好养，很省事，又耐旱，所以兴致一来便把它买回了家。

对于此盆花，只是每次打扫室内卫生时顺带浇一下，也有在打扫卫生时忘了浇水的时候。近段时间由于忙也没管它，它就是在主人这样一种时管时不管的情况下生长了近四年。在这近四年的时间里，三株幼苗从仅有的三片叶子，不经意间，已长成几十厘米高，且叶子肥厚，把整个小花盆都撑得满满的，十分喜人。

几年的时间，这盆无名花就这样自我生长，从小得不起眼到现在能纳入视线，且看起来它是像模像样的。它的省事、乖巧和顽强的生命力愈加让我心生爱怜，同时也感到深深自责和愧疚！同样是家里的一盆花，客厅里的绿萝和君子兰一有时间我就给它们洒水和浇水，间或在看电视和吃饭时，看到它们缺水了，哪怕是搁下一切也要立即去给它们浇水，而这盆无名花仅因不在视线范围内，就把它淡忘了，这样的不上心实在是太不应该了！

其实，在我们的日常生活中，人们身边有许多生命力顽强的物种在按自己的轨迹运行和自我生长！像市区一些主干道两侧的大树，景观大道两侧的绿化带，护城河畔的四季青和其他一些叫不上名的花草，极少看到有人给它们专门浇水、施肥和人工养护，它们却无言地生长着，给人们带来绿荫、花香和赏心悦目！不管人们怎样熟视无睹，它们都默默地为人们奉献着自己的绿色和花香。

近日登天平山，看到路旁一棵并不太高的树顶上，有十多只羽翼带杏黄色斑点的蝴蝶在绕树翻飞，我驻足观看，它们依然在自由飞舞！

除此之外，我们身边也不乏许许多多平凡的人在按照自己的人生轨迹前行，扬鞭自奋，为了国家的发展和强大，为了社会的和谐与进步，在平凡的岗位上默默奉献着自己的一切！

我家窗台上的那盆无名花，给了我无数的深思和启示！做生活中的有心人，哪怕是最不起眼的一些细节，只要留意了，也足可以让人们悟出很深刻的道理！

2014 年 7 月 22 日

开心假日

中秋假日的第一天早上，驱车前往安阳县都里镇参加由安阳市职工摄影家协会、文峰区摄影家协会和都里镇联合举办的"魅力都里、激情漂流"摄影大赛，经过一个多小时的颠簸，来到金河生态园。

手一推车门，脚一踩地，便听到"你是我的小呀小苹果，怎么爱你都不嫌多，红红的小脸温暖我的心窝……"这首欢快的《小苹果》，刹那间，使我心情飞扬，倍感清新舒畅。

趁启动仪式尚未开始，我便独自向前走了几米，来到湖边，朝前一望，一只玫红色蜻蜓静卧在水边的台阶上，我对先生大声说道："快来呀，用相机把这小精灵拍一下吧，它这么可爱！"正说话间，也许受到外界的惊扰，它便惊恐地沿湖边飞走了，我很失望地站在那儿，觉得错过了抓拍的绝好机会。

抬头向站立的南边望去，一条稍细的钢丝飞架东西，把十多串红红的灯笼连接起来，每串灯笼都由三个组合在一起，悬挂在空中，在青山绿水的掩映下，更加鲜红耀眼。

也许是才上午九点多的缘故，湖面上只有两只皮划艇和一只带篷的船在划动，湖面显得较为安静。

沿湖边向正南走去，竟有一片荷叶依湖边而生，更为惊奇的是还看到洁白的荷花！三朵荷花亭亭玉立，好像之前约定好似的，等距离地排队站在那里，又像是在等待检阅。在这远山乡里，竟然还能看到如此景色，出乎意料！

上午十点，启动仪式结束后，摄影爱好者们便自选角度和场景，进行自由抓拍。他们有的手握相机，在湖边选景，有的在船上举起相机拍照，也有的像我们夫妇俩，穿上救生衣，踏上皮艇，在湖上划船，欣赏着两岸风光。

在生态园工作人员的统一指挥下，从闸门口开始，顺水体验了一把漂流的惊险和刺激。漂过一会儿，中间有一段河水不是很深，需靠浆划行，这便给了我俩欣赏两岸沿途风光的时间。河道很宽，两边纳入视线的是水冲洗得很干净的、大小不一的鹅卵石，河岸上有两三株相簇拥的柳树，也有迎风飘曳的芦苇和野草。河岸北边的山坡上，偶尔可看到山民们在牧羊，有白色的绵羊，也有黑山羊。水面上偶尔有成对的黑蜻蜓飞过，天空上不时有一只白色的鸟在展翅飞翔，我问和我们的皮艇相距不远的当地农民，它是什么鸟，是不是白鹭？他们回答也很不确定。总之，在静谧的天空上不时飞过的这只鸟，让我们时而抬头望望天空，时而看看两岸，也给我们增加了些许漂流的快乐！划过一段有水草的河段，又是稍有落差的漂流，近一多小时后，在中午十二点半左右，结束了我俩的漂流活动。

在节假日，走出家门或参加一些有意义的社团活动，寄情于山水间，远离城市的喧嚣，忘却心中的烦恼，放松身心，亲近大自然，会使你有意想不到的收获，就好比我的都里之行！

2014 年 9 月 9 日

中秋漫谈明月诗

　　皓月当空，万籁俱寂，月亮笑脸盈盈，将银辉洒向人间。这种唯美意境，曾引起古往今来的文人墨客大抒情怀，写尽千般心愿，思乡的、怀人的、叙离情别恨的，林林总总，不拘一格。这些诗句名篇引发了后人对明月的无限遐想。

　　中秋对月的抒写，最具浪漫色彩和无限想象的恐怕要数唐代李白的《渡荆门送别》和宋代苏东坡的《水调歌头》了。"但愿人长久，千里共婵娟"更成为千古绝句。

　　由于人的心境不同，即便同是赏月，对月的描写也各有千秋。唐代张九龄的《望月怀远》就是一首意境雄浑阔大的赏月诗，其"海上生明月，天涯共此时"更是千古佳句。王建的《十五夜望月》："中庭地白树栖鸦，冷露无声湿桂花。今夜月明人尽望，不知秋思落谁家？"描绘了月圆之夜的那种静谧、清冷和作者心中孤寂的思念之绪。宋代柳永的《雨霖铃》，是他的名篇之一，在描绘他与恋人难舍难分的离别之情时，他笔下是"多情自古伤离别，更那堪冷落清秋节！今宵酒醒何处，杨柳岸，晓风残月"，词人把离别之情写得可谓尽情尽致。

思乡、念人，是人们的正常思想感情，古人也未能脱俗。

诗仙李白的"床前明月光，疑似地上霜。举头望明月，低头思故乡"，可谓思乡千古一绝。杜甫的《望月》诗，通过望月思家，也成了千古传诵的名作。

月有阴晴圆缺，在表现人的种种思想感情之余，同样也有借它来抒发亡国之恨的。李煜的《虞美人》："春花秋月何时了，往事知多少，小楼昨夜又东风，故国不堪回首月明中。"刘辰翁的《永遇乐》："璧月初晴，黛云远淡，春事谁主？"就是写故国之思、亡国之恨的生动例子。

一轮明月，引发多少人的多少思绪！

八月十五月圆之夜，象征着团圆、和谐、吉祥、美满，也是国人的一种最朴素的思想感情体现。

一轮圆月，一个甜甜的月饼，寄托了天下人无限美好的遐想和愿景，愿天下人在团团圆圆的明月之下和谐生活，甜美团圆。

2014 年 9 月 10 日

忆重阳

"人生易老天难老，岁岁重阳，今又重阳，战地黄花分外香……"抒写九九重阳节的诗句很多，但我对一代伟人毛泽东的《采桑子·重阳》诗情有独钟。

众所周知，重阳节，又叫登高节，也是国家法定的老人节。在我的乡下老家俗称过九月九，这个节日也曾留给我诸多幸福的回忆。

小时候，每到九月九这一天，中午都会吃上母亲用酵子发面蒸的花糕，还有粉条、白菜及带点肉末儿烩成的大锅菜。那时生活条件有限，能够吃上这样一顿饭算是绝顶的美味大餐了。

在我的老家，流行着过重阳节娘家给出嫁的女儿送花糕这一风俗。九月初九这天，凡是有已婚女儿的家庭，都会在重阳节前蒸好花糕，送到女儿的婆家，让女儿吃上娘家送来的花糕，期盼女儿能够在婆家过得幸福，生活能够蒸蒸日上，俗称让女儿在重阳节里"扒糕（高）"。

结婚后20多年的时间里，每到重阳节，母亲都会让弟弟把蒸好的花糕送到我家。

早年玩心重，不会费心思去多想一些节日的内涵，尤其是节日里亲人们相聚，感觉节日就是热闹、好玩，根本不会想一些深层次的东西。而今，随着年龄的增长，深感节日里亲人们能够相聚在一起，聊聊家常、吃顿团圆饭才是生活中最幸福的时刻！

时光荏苒，韶华已逝，体味到生活的沧桑和艰辛时，才发现生活中的幸福已渐行渐远。过去的重阳节，每每吃着母亲蒸的花糕，心里甜甜的。而母亲已瘫痪在床六七年了，再也吃不到她亲手蒸的花糕，才觉得这个节日已失去母亲对我的祝福、对我的万般疼爱！这种失落感，深深地刺痛了我内心的最柔软处，酸楚万分。

朋友们，珍视亲情、孝敬自己的父母吧！不要给自己留下任何遗憾，这是我心底发出的最强音！做子女的，一定要珍惜父母给我们的幸福，同时，一定要尽好孝道，让自己的父母生活得更幸福，这是我们做子女的义不容辞的责任。

重阳节到了，祝愿普天下的父母都能笑口常开，健康长寿！

2014 年 9 月 30 日

霜降随笔

说起"霜"字，让人马上会联想起很多与它有关的词和诗句来，诸如：风霜雪雨，傲雪凌霜，饱经风霜；"霜叶红于二月花""寥廓江天万里霜"等。古人还有用"霜"字来抒发思乡之情的，像刘皂的《旅次朔方》中"客舍并州已十霜，归心日夜忆咸阳"便是如此。也有以"霜"字形容人的颓废，像"霜打的茄子——蔫儿了"。还有古谚俗语，像"霜重见晴天""霜打红日晒"。霜降即将到来，意味着天气将更冷了。

提起"霜"字，我就有点怵，在我的记忆里，它是刻骨铭心的。

早年在家上学，天冷时几乎每天早晨都要和哥哥、姐姐到地里拾一捆花柴（棉花秆），而后到家匆忙地吃点饭才去学校的。早早地到了地里，由于天冷，地上是白白的一层霜，手上没有手套可戴，手经常是冻得通红通红的。拾起的花柴，待到来年春暖花开，能到院里垒起的灶台上烧火做饭时，它就派上大用场了。因为那时物资普遍紧缺，加上家里经济紧张，煤是不能一年四季随便烧的，仅限于秋冬和早春季节用，其他时间就靠树枝和这些花柴来烧火做饭了。当年，这在本村的左邻右舍是一种普遍现象。

一年四季，春夏秋冬；人生四季，喜怒哀乐，可谓绵长。春之绚烂，夏之热烈，秋之丰硕，冬之严寒，人的一生各种滋味要慢慢体味品尝。人在旅途，不可能一直沐浴在和煦的春风里，陶醉在热烈、奔放的夏日中，也不可能老是沉浸在丰收的果园里。无论是艳阳高照，还是风霜雪雨，乃至是寒冬腊月，任何人都不可能实现跳跃，必须一一经历。人生在世，有点风霜雪雨、道路坎坷也好，这样可以使我们保持头脑冷静，宁静致远，做到宠辱不惊，笑看花开花落，正确看待名利得失，会使我们脚下的路走得更扎实、稳健，不至于轻飘、浮躁，在喧嚣的大千世界里找不到自我！

曾经在人生的春季里奋力拼搏，努力进取过；为了梦想，在生命的夏季挥汗如雨，汗流浃背过；在人生之秋也有过收获，尽管有缺憾和不完美之处，但无关紧要，因为我们曾经付出过，永远行走在路上！但为了有一个更成熟、更完美、更清晰的自我，仍需不断修剪枝杈，待到一个新的季节，再度萌发新芽！

一个"霜"字，一个"霜降"节气，和其他普通的字词、节气一样，给人以无限联想和很多启发。

2014 年 10 月 16 日

三人行，必有我师焉

"三人行，必有我师焉，择其善者而从之，其不善者而改之。"这句名言是我工作和生活恪守的信条，也是我人生的座右铭。

大千世界，芸芸众生，为了生计人们都会从事一种职业。三百六十行，行行出状元，在哪一行都有出色者。工作 20 多年，一路走来，身边有许多可以称为自己老师的人。刚参加工作时，跟着分包片上的领导做农村工作，学到了不少做农村工作的方法。"片长"周风钊虽是老同志，也没有文化，领会上级会议精神全靠脑子记忆，但他对工作的认真负责，善于化解群众矛盾的能力，使我耳濡目染，工作能力提升了不少。待到柏庄镇工作时，办公室的郭主任对工作的敬业、镇党委副书记李玉森做农村工作时的严谨、沉稳和循循善诱，对我以后工作作风的形成也起到很大的影响作用。待到我有幸走到科级岗位上时，区分管领导多元思维、雷厉风行、严谨细致的工作作风也在无形当中影响和感染了我。人只要工作和生活，只要还想使自己不断完善，在某一领域或某个方面能成为自己老师的人比比皆是，问题的关键是我们每个人能否做到谦虚。

岁月如梭，转瞬即逝，人生百年也不过三万六千五百天。在我们的人生历程中，一定要惜缘、惜福，善待我们的亲人和朋友，善待身边的一切，更要虚心地发现我们身边的老师，学其长，补己短，使自己更有知识和品位，也使我们的生活处处洒满阳光雨露，更加和谐美满！

要想人生的理想放飞得更高，走得更远，就要认真学习，从国学中汲取精华，积淀让自己能够进步和腾飞的力量。

2014 年 11 月 26 日

印花布艺

周末的一个中午，在朋友家吃罢手工水饺，又被盛情留下，晚上再品尝他家的粉浆饭。午休时，一条红色印花棉被让我惊诧万分。定睛看，被面的图案上既有喜鹊登枝图，也有国色天香的牡丹图，还有醒目的凤凰图案，十分喜庆。一条最普通的家用棉被，使我联想起早年在农村较为普遍的印花粗布。

在计划经济时代，洋布，即机器用细线织成的布比较稀缺，各家普遍使用的是手工纺织的粗布。粗布有用来做被里的白布，也有做床单和被面的染了色的方格布，方格布也有用来做衣服的。但我记忆更为深刻的是爷爷奶奶留下来的一条黑底上印着一个白色花瓶且有插花图案的粗布褥子，至今我也弄不明白这条褥子的染制工艺和流程是什么。

　　我结婚时，母亲把织好的布拿给走村串巷的染布匠，付给人家手工费，按照出嫁闺女时村里的传统，一次性染印好 8 个带牡丹花图案的嫁妆包裹单，颜色有金黄的、深玫红的、深蓝的。我的衣柜里至今还保存着这些粗布印花包裹单，因为这些包裹单对我来说有着极为特殊的意义。

　　早年染成的粗布单很实用，美中不足的是，水洗时总掉色，但好在它越洗越柔软，不像刚使用时那么粗糙。

　　我担心的是，如今人们已不常使用粗布印花单，会不会因时代变迁而使这种传统手工布艺失传，若如此，很遗憾！不知道这种传统手工艺是不是已被列入非物质文化遗产？无论如何，它的出现，曾给一个时代的人留下过很美好的记忆。

　　印花布艺，希望它一直在我们的生活中美丽着。

2014 年 11 月 26 日

感慨时间　拥抱新年

时光如梭，转瞬又是新的一年！

光阴易逝，它不会对着我们当中的某一个人发呆，不管人们高兴还是悲伤，作为还是不作为，它总会按照自己的节点往前行走。"洗手的时候，日子从水盆里过去；吃饭的时候，日子从饭碗里过去；默默时，便从凝然的双眼前过去。我觉察他去的匆匆了……"朱自清先生的名篇《匆匆》，可谓叹尽了时间的易逝！时间如此珍贵，古人在诗歌里也不忘提醒人们要惜时如金，莫负好时光，"莫等闲白了少年头"。"劝君莫惜金缕衣，劝君须惜少年时。有花堪折直须折，莫待无花空折枝。"这首有名的《金缕衣》便是如此。

稍纵即逝的时间，曾引发古往今来的人们大发喟叹。子在川上曰："逝者如斯夫，不舍昼夜。"汉武帝刘彻跟他的群臣在汾河的船上饮宴高歌时也曾发出"少壮几时兮奈老何"的叹息。宋代大文豪苏轼在《念奴娇·赤壁怀古》中抒发了"人生如梦,一樽还酹江月"的感慨。

时间就是生命。时间对每一个人都是公平的,一日三餐,一天24个小时,不多也不少,你若用好它,它可以成就你;若虚掷光阴,那你将一事无成。鲁迅先生曾说:"哪里有天才,我是把别人喝咖啡的工夫都用在工作上的。"堪称珍惜时间的典范!

时间匆匆,注定了每个人都终将成为过客,在奔腾不息的历史长河里成为一朵小小的浪花,转瞬即逝!伟人也好,凡夫俗子也罢,都难逃此规律。但我们每个人都应该感谢时间,因为它使我们从幼稚走向成熟,从无知到有知,它教会我们如何写好一个大大的"人"字,教会我们如何去孝敬、包容、奋斗、感恩……尽管时间使青春流逝,让皱纹爬上我们的额头,使我们变得不再年轻;尽管它让我们历尽生活的曲折坎坷,但也让我们学会坦然面对生活。

冬去春来,年复一年,时光就这样在花开又花落的无限循环中逝去。但我们不能总沉浸在时光匆匆的伤感里,应惜时如金,目光向前,牢记时间一去不复返这个最普通的道理,把握好当下,脚踏实地做事,以只争朝夕的精神状态努力工作和生活，用更加饱满的热情拥抱即将到来的新的一年！

2015 年 1 月 4 日

盼雪

尽管已是"三九"天，但冬日的阳光暖暖的，丝毫没有下雪的迹象，多么盼望在这个季节里能有场雪，哪怕是零零星星的小雪也好。

"北国风光，千里冰封，万里雪飘。"伟人毛泽东的一首《沁园春·雪》把北国的冰雪世界写得多么雄伟、壮观！

"我爱你，塞北的雪，飘飘洒洒满山遍野……"许多年前，著名歌唱家殷秀梅的一首《我爱你，塞北的雪》红遍大江南北。我爱雪，尤其喜欢下雪天去郊外赏雪，哪怕脸被冻得通红、手脚冰凉麻木，也心甘情愿！

冬天总让我展开无限想象的空间，想与雪共舞，于雪中取乐。生活在城市里的人们多么渴盼一场雪，驱散灰尘雾霾。但如今，无论人们如何期盼，冬天却难得下一场大雪了。

　　遥想 20 世纪六七十年代，儿时的我们，冬天经常可以看到厚厚的积雪。下雪天，从家里到学校往返一趟，母亲做的棉鞋总是湿透，连厚厚的棉裤也会湿掉半截。正月里去姥姥家串亲戚，纳入视线的总是被大雪覆盖的田野。由于下雪道路泥泞，串亲戚时得早早出发，不然，太阳出来后，冰雪融化，路不好走，新鞋、新裤子上还会沾上泥巴，让我心疼不已。

　　待到 20 世纪 80 年代，冬天里也总会下几场雪，我都饶有兴趣地跑到地里赏雪景，或弯腰捧雪，捏成雪团开心地玩耍；或站在地头，眺望凝视，想起"瑞雪兆丰年"的话来。

　　可今冬，不但大雪不见，就连下一场小雪都成了奢望！多么渴望能有雪飘飘洒洒地落在脸上，享受那被雪滋润的感觉！多想重新找回大雪覆盖田野，世界洁白无瑕、晶莹剔透的样子！如果今冬能够下场雪，不管路途有多远，我都想跑到广袤田野里去追寻它，亲吻它！

　　渴盼着，在冬季里能够有一场雪来荡涤尘埃。马上就是"大寒"节气了，是否有雪的好消息呢?

2015 年 1 月 13 日

下雪了

整个冬天，都在等雪、盼雪，终于惊喜地听到天气预报说，近日有雨加雪。

周六上午，帮姐姐给母亲换药，忽然听先生在外间屋说："下雪了。"可几分钟过后，赶到院里看雪，竟连片雪花都没有，我很失望地回到屋里。

午休过后，看了一下手机是十四点四十分，坐起来，隔窗定睛一望，有雪花在空中飘洒，零零星星的，好像挥舞着小手，欣喜地、摇曳着来到人间。想写下此时看到雪花的心情，待到再次眺望窗外时，雪已似片片白絮在空中飞舞。等待今冬的第一场雪，就像盼望着久别的亲人从远方归来那样焦急，好不容易等到了，我决定到户外去看它。

跑到卫生间，准备洗把脸，抓紧去看雪，拉开窗帘一看，外面的雪已是漫天飞舞的鹅毛大雪。小区的健身广场上，一个成年男子带着一个身穿苹果绿色棉袄的男孩和一个身穿玫红色羽绒服的小女孩在雪中嬉戏着，好像在庆贺雪的到来。看着这一切，我提醒自己，赶紧的，千万不要错过赏雪的良机，可二十多分钟过后，待我准备出门时，雪好似累着了一样，已是稀稀疏疏地往下飘了，可不管怎样，还要到户外去看一下雪景。

下楼时已成雨夹雪。来到"两馆"，已是雾蒙蒙的一片，往日热闹的广场，此时变得十分寂静，偶尔可以看到在巡逻的保安。眺望远处，几乎什么也看不到，只依稀可见"清宇商贸"四个霓虹大字。本想沿着音乐喷泉向北走，可北风冷飕飕的，吹得人喘不过气来，只好返回小区。

待到吃过晚饭下楼盖车罩时，只一会儿的工夫，全身已落满了雪花，拍打着胳膊和前襟的雪，手心里的雪已被融化，手湿湿的，但它足可以湿润和喜悦着我的整个冬天。

次日清晨锻炼，又来到东区"两馆"，想看看一个晚上了，雪下得有多厚。此时，弯弯曲曲的小路上，已不再有积雪，变得很湿润，好像洒水车洒过一遍，比以往干净了许多；路两边的草坪已被雪覆盖了一层；两大片竹林的顶端，好似披上了一层白纱；被剪得平平整整的冬青和一些叫不出名的绿色植物都像是撒上了一层白色的细盐，又像是撒上一层细细的白砂糖。在路过一个小木桥时，跟我一前一后的大娘向两位正在扫雪的保洁工人说："可算是下雪了，要是下得再大点该有多好！"我想她说的话，道出了大家共同的心声：都期盼着下场大雪！

另一个架立在两个芦苇塘上的弓形、斜拉木制桥，可能是有坡度、几乎没有人行走的缘故，上面有一层薄薄的积雪，我小心地扶着桥栏杆慢慢地上桥、下桥，脚下的雪发出咯吱咯吱的声响，踏着雪，听着雪声，我满心欢喜地朝家走去。

2015 年 2 月 3 日

元宵节旧事

在农历春节的欢笑声中，不知不觉地，"东风夜放花千树，更吹落、星如雨"的元宵佳节又接踵而至，与此相关的一些往事也随之浮现于脑海。

毋庸置疑，现在生活幸福无比，想吃啥吃啥，想买啥就能买啥，让人都觉得没有了节日感，好像天天在过节。笔者喜欢吃汤圆，过元宵节的时候会买数袋各式各样馅料的汤圆放到冰箱里，随吃随煮，而要往前追溯30多年，情况却大相径庭。

最初对元宵节的记忆就是吃汤圆，乡下老家一般叫吃元宵，它的品种是很单一的，主要是五仁的，偶尔可吃上黑芝麻馅的。早年吃汤圆的甜味和香味至今还弥漫在脑海里，觉得是截至目前吃得最好、最甜的汤圆！其次，对元宵节的记忆就是弟弟妹妹打灯笼的情景。当年小孩们打的灯笼一般都是纸糊的方灯笼，灯笼四面印制着色彩鲜明的各式图案，有大公鸡、小猪，也有金鱼和荷花，十分古朴；还有一类以人物肖像为主，有红脸的关羽、手持大刀的张飞等，我早年对三国人物的了解就是通过这种途径。最后，对元宵节的记忆就是弟弟妹妹燃放的手一抡就放银花的"滴滴筋"和哥哥放的"窜天猴"，随着"呼——啪"的声响，元宵节的快乐便充斥周身，甜蜜了整个节日。

元宵节晚上，母亲让我们吃过一顿饺子后，大约在快睡觉前又炖上锅，煮好元宵让我们吃。那时都是在村里买用滚桶式的工具土制的元宵，而且不能管够，一般都是一人碗里盛五六个，尝一尝就好。

待到正月十六早上吃过饺子后，母亲就会对我们说："年彻底过完了，小孩儿打碗——从头来吧！该好好收收心，开学后应好好学习了！"

早年的节日，比白驹过隙还要快，总觉得节日是那么短，不够过。这很可能是当年物资匮乏，一年到头只有在特定的节日才能吃上特定食物的一种缺憾吧！

随着时间的推移，元宵佳节带给人们的不仅是绵延不尽的美好回忆，更是人们对时代发展的怀念和感恩！

2015 年 3 月 5 日

清明节思绪

　　每到这个节日，去给我们已逝的亲人扫墓时，心里总是悲戚戚的，情到深处，也总免不了泪水涟涟。每到此刻，亲人对我们的好，对我们的疼爱和呵护，便浮现于脑海，总让我们想起他们曾经对这个家庭的付出。去烈士陵园凭吊革命先烈，仰望翠柏掩隐的英雄纪念碑时，便想起他们不顾个人安危，舍小家顾大家，抛头颅、洒热血、前仆后继，为后人赢得新中国胜利的壮举！为了国家的繁荣富强和人民的美好生活，为了国家的前途和命运，他们奉献了青春和生命，后辈们无疑要感恩，感恩他们这些共和国的捐躯者和奠基者！因而前去凭吊的无论是学生、部队官兵还是党政机关的干部等，在如此庄严肃穆的环境中无不心情沉痛而又心生无限敬仰之情！

　　清明节，是我们追思已故亲人的日子。唐代大诗人杜牧的《清明》中"清明时节雨纷纷，路上行人欲断魂。借问酒家何处有，牧童遥指杏花村"所表述的心境，真实感人，因而千百年来备受人们推崇。

至于宋代高翥写的《清明日对酒》："南北山头多墓田，清明祭扫各纷然。纸灰飞作白蝴蝶，泪血染成红杜鹃。日落狐狸眠冢上，夜归儿女笑灯前。人生有酒须当醉，一滴何曾到九泉。"此诗真实体现了清明节这天人们祭扫的情景以及诗人由此而发出的人生慨叹，既凄楚而又悲凉！

当然，除此之外，清明节也是人们踏青的时节。古人也是如此，并且留下了这方面的很多词句。譬如唐代冯延巳的《鹊踏枝》"百草千花寒食路，香车系在谁家树？"便是其中之一。尽管全篇是首闺怨词，但也清晰地描述了在百草千花纷呈的清明时节，成双成对的青年男女在踏青路上游玩，而女主人公却思夫盼归的急切心情。抚今追昔，无论如何，对有着深厚文化内涵的中国人来说，在清明节这一天，尽管春和景明，杨柳依依，百花争艳，但都要把凭吊先烈、祭奠已故亲人作为第一要事来做，以此表达对先烈、对亲人的无限缅怀和思念之情。

清明节，清明祭！在这个特别值得追思和缅怀的日子，我们每个人都应虔诚地为先烈、为亲人献上一束鲜花，以此表达我们心中的哀思、敬仰和感恩！

2015 年 4 月 3 日

时光匆匆谷雨至

雨静静地下着，不时滴落在我的脸颊上，雨水打湿了我的脸，也湿润了整个身心。

春天的雨，温柔、细腻、不急不躁，它不禁让我想起江南的雨，想起江南的杨柳堆烟，想起烟波浩渺的太湖。此时的太湖，不知是否也下起了小雨？雨中的太湖是否有小船摇曳在水面？是否有"春水碧于天，画船听雨眠"的船客？在西湖的断桥上，可否有纤纤女子在雨中撑一把花伞，于断桥上等她心仪的男子？

春天里下雨真好，因为春雨贵如油啊！前段时间，也下过几次，但都是如风掠过，让人留有遗憾。若是在周末能下场小雨，听着窗外淅淅沥沥的雨声，拿本可心的书去读，或品一杯茶，或是与三五位朋友小聚，营造一种"红泥小火炉，能饮一杯无"的意境，更是妙不可言。

穿越时间隧道，春雨让我想起蒋捷的"少年听雨歌楼上，红烛昏罗帐。壮年听雨客舟中，江阔云低，断雁叫西风。　　而今听雨僧庐下，鬓已星星也。悲欢离合总无情，一任阶前，点滴到天明"，念起词人蒋捷的孤寂和萧索。

正沉醉在万物吐翠、万紫千红的春天里，在春风化雨的间隙，猛然间才发现，二十四节气的第六个节气——谷雨已来到眼前。由于离家多年，"谷雨前后，种瓜点豆"的农忙场景已很少看到。早年，每到谷雨前，都会看到母亲把棉花、豆角、丝瓜等种子用水浸泡起来，并应时种上。但现在，这一切都成了遥远的回忆。

春天是四季的开端，它在或晴或阴或雨的交替中，即将铿锵地走向夏季，我心中也惆怅地贪恋起春的美好了。尤其是眼前的这场雨，更让我担心春天的稍纵即逝，那种"留春不住，费尽莺儿语。满地残红宫锦污，昨夜南园风雨"的惜春情怀便油然而生。

但无论如何，谷雨跟着这场播种移苗、埯瓜点豆的及时雨如期而至，总能让人满怀喜悦地去迎接它，毕竟是农人们又一次播种新的希望，又有了收获的新期盼。

时间就这样在一个又一个节气的有序交替中匆匆向

前。时不我待，让我们紧随时间的步伐，坚定地向前，
过好生命的每一天！

2015 年 4 月 21 日

奢望不要太高　或许会有奇迹

周末，有同学组织要去登泰山，看日出，我欣然答应，这样好圆一下多年来心中想看日出的梦。

一起登泰山去，走就走，因为聚一次很不容易！早晨六点出发，在高速上行驶了 5 个多小时，一路欢笑声过后，来到了山东泰安。简单地吃过午餐，坐着景点的中巴约半个小时，看着满山遍野的槐花，不知不觉来到泰山的中天门。

整理好行囊，便兴冲冲地和同伴一起徒步登山。此时的泰山，天是阴的。倒也好，没有了太阳的直射，反而省去了被晒的忧虑。大家一边登山，一边抬头观赏着山上的景色。此时，我惊奇地发现右手方向的松树，好似长在山人打理规整的梯田上，井然有序地排列着，一个个像剪裁整齐、统一格调似的，依着山的高低起伏，错落有致，郁郁葱葱，甚是好看！

不一会儿，有的同伴已气喘吁吁，而我也是汗流浃背，但由于经常锻炼，还是登在了前面。其间偶尔休息时，在题有"飞来石""逍遥游"等处，还和同伴饶有兴趣地合影留念。走在十八盘，天突然阴沉得很，乌云盖顶，且随着冷风，乌云擦身飞速而过，像急匆匆的逃亡者，慌不择路。我给同伴琳说："看来日出是看不成了。"琳却答道："我来泰山三四次，每次都是下着大雨，但每次到最后，都看到日出了。"我说："若真是这样，你就是福星和贵人了，但愿托你的福，这次能看到日出。"

一路走走停停，不时也欣赏着两边的景色和山上的题字，三个小时的攀登后，来到南天门。此时，乌云密布，冷风飕飕，吹得每个人都直打战，甚至还飘有雨丝，大家都不约而同地穿上了较厚的衣服。少许，入住了山上的旅馆后，天便哗哗地下起了大雨。很想走出去看看雨中泰山的样子，于是便撑起雨伞到了旅馆门前，但令人失望的是，由于下着大雨，眼前的泰山烟雨蒙蒙，除了急匆匆登上山来赶着住旅店的游客外，什么也看不到！

晚上临休息前，导游说："若有可能看到日出，旅店的工作人员会在凌晨四点叫醒大家，一块去看。"

在认为根本就没希望看到日出的心理作用下，我想明早肯定是睡大觉，因为雨下得那么大，山上黑黝黝的，一时半会儿天肯定晴不了，肯定是什么也看不到。不料，次日凌晨四点，工作人员喊道："起床了！"我很激动，立即起床，在以最快速度洗漱后，便和同伴一起踩着刚下过雨的山石，穿着租赁的棉大衣，随着人群，向着看日出的方向走去。未承想，已早上五点多钟了，站在山石上的我们几个人，左等右等怎么也看不到泰山日出。此时，已有人陆陆续续地往回走，并说道："今天看不到日出了！"

怀着沮丧的心情，导游带我们来到《纪泰山铭》的石刻下，听她讲解着在大观峰峭壁上的"唐、宋、明、清"文字的来源与含义。少顷，看了看手机恰好是早上六点，不知游人中谁突然喊了声："看到日出了！"刹那间，我们一行人飞奔到写有"云海"字样的山岩旁，映入眼帘的是已升起的、散发着淡淡金光的圆圆的太阳！太阳照耀之下，是万丈云海，好似波涛滚滚的大海。啊，太阳出来了，太阳出来了！此时此刻，尽管无法看到喷薄欲出的太阳从地平线上升起的那一刻，但在天气猛然发生大逆转的情况下，天公神奇、乌云拔日，看到了怎么也不可能想象到的晴空下的泰山，还是激动万分，欢呼雀跃！更为惊奇的是，晴日下的南侧，湛蓝湛蓝的天空，洁白的云层，其形、其状像绵延不绝的雪域高原，蔚为壮观，令人叹为观止！在形如金蟾的观云台拐角处，不时有阵阵冷风吹来，尽管穿着租来的军大衣，可还是能感觉到它的凉意。此时厚厚的云像天阴时的颜色，不知什么缘故，此处的云海似山河瀑布，呈排山倒海之势，飞流直下；也有极个别的云团倏地向前飞奔而去，好似向前在追赶着什么。观云台前，厚厚的像雪、像棉一样的云海上，似有条条巨龙匍匐，不禁让我联想起一代伟人毛泽东的《念奴娇·昆仑》中"飞起玉龙三百万，搅得周天寒彻"的诗句来。这样壮观的云海，着实让人兴奋、激动。同伴们纷纷拿出相机，留住了这一非常难得的美好瞬间。之后听导游说："眼前如此壮观的云海，不是每次都能看到的。"这样的奇观怎能不让人大发感慨，此刻我想，"江山如此多娇，引无数英雄竞折腰"的诗句绝非凭空而出，真正是源于伟人对祖国大好河山的真情实感和无限热爱之情才有感而发！

很想停下来，仔细观看一下云海飘散的过程。可惜，在六点半时，天又阴了，我们一行人只好怀着兴致未尽的心情朝泰山极顶走去。

登上泰山极顶，又拜谒过孔子庙后，顺着台阶，观望着山上开的红白相间的不知名的花树，欣然向住处走去。

此次登泰山，尽管有没看到日出的缺憾，尽管有没从山脚下开始登山的遗憾，但天公是那么眷顾和厚爱我们这一行人，让我们看到了雨过天晴的太阳，让我们亲眼领略了泰山的云海奇观，我们还有什么不知足，还有什么值得遗憾的呢？

泰山之行使我悟出了一个道理：凡事不管多么艰辛，多么曲折，但无论结果如何，只需坚定目标，努力去做！不必期望过高，奢求太多，只要努力了，付出了，事情或许就会在不经意间，给人意外的惊喜，或许还会有奇迹发生！尽管有时付出不一定有收获，但我们必须坚定信心，要勇往直前地去追求！

笔者凡夫俗子一个，行文笨拙，在学生时代就曾熟读和背诵过现代散文大家杨朔和李健吾先生的《泰山极顶》及《雨中登泰山》这两篇大作，写泰山之行，心中不免有些忐忑，更不敢造次，但不管怎样，还是在同伴的鼓励下，大胆写出了心中这份真情实感，可能要贻笑大方了。

2015 年 5 月 16 日

麦收，永不磨灭的记忆

当芒种已至，当隆隆作响的收割机接踵南下，当千里麦田已成金黄，这一切告诉我，家乡的麦收就要开始了。

前几天，有朋友在微信朋友圈晒出了早年农村收麦打场时的老照片，令我心头一震。因为自己曾亲历过收麦、打麦的全过程，怎能不触景生情，引起绵延的回忆？

从记事起，每年五月割麦子就是农村的"天"字号劳动，连空气都比平常紧张了许多。因为在收麦季节，麦子成熟的概况是：一天一个样，一晌一个样。农民担心在收麦这几天刮大风或下大雨，那样不仅影响收麦进度，更重要的是怕大风一刮，即将收割的麦子倒伏，造成小麦大面积减产。所以，在生产队时，队长会很负责任地在早上、中午、下午时不时地到本队每块麦地里去看麦子成熟的程度，待看到哪块地先熟可以开镰了，他就会适时地带领大家去地里开割。

老家的麦子一般都是在 6 月 9 日以后开镰，人工收割时间约十天。每到割麦时，在凌晨 4 时许，母亲都会随生产队里"当当当"急促的出工钟声和大家一块匆忙向地里赶去。母亲是我们生产队的割麦"第一人"。总听母亲自豪地说，无论男女，割麦时从没一人超过她，就连生产队队长也不例外。母亲割麦子的速度奇快，一般要超出其他人数米远。每次割完麦子，母亲都是满脸灰尘，被汗水浸湿的头发贴在额头上，衣袖被麦秆弄得黑乎乎的，沾满了麦锈，裤子的膝盖处麦锈和尘土也是厚厚一层，到家后，往往休息片刻才能缓过劲来，其辛苦状不言而喻。

1985 年至 1995 年的十年间，参加工作后的我每年都要回家割麦子。当时我在乡政府上班，每到五月农忙，乡里都会根据农时安排十多天的麦收假期，让大家轮流回家收麦。

我家有四块麦地：南坡地、东南地、东岗和北地。割麦时较辛苦的是南坡地，因为要走三四里路才能到。由于它是盐碱地，麦子长势一般，倒也稍好割点。最费劲的是东南地的那块麦田，有近四亩的样子，土质好、麦秆肥、麦粒重，割麦时很费力。天刚蒙蒙亮，我们就拿起镰刀，提着绿豆水，带着头天晚上准备好的干粮赶到地里开始割麦子，为了不被麦芒扎，一般都会穿上较旧的长袖布衫。割麦时，我们在地头站齐，母亲会给我们分好任务。母亲割的垄数稍多点，尽管我拼尽全力割麦子，且认为自己还算是有力气，可无论如何，我和哥哥、姐姐还是撵不上母亲割麦的速度。因为不甘落后，许多时候汗水流到眼里我也顾不上管它，直到汗水滴得睁不开眼了，才用衣袖擦擦，随即又开始割麦子，往往累得直不起腰。"锄禾日当午，汗滴禾下土。谁知盘中餐，粒粒皆辛苦。"那时，对这首古诗感悟得是如此真切！母亲很会根据每块地的大小安排割麦的人数和时间，地块大、任务重的，母亲就会让还没收割的邻居过来帮忙，待到人家割麦时也会主动帮人家。所以，一般在上午 10 时 30 分左右，一块地的麦子就会收割完成，让大家不至于在地里被太阳暴晒。

待到午休后，我们就拉起排子车，一块儿去地里拉麦子。一般都是哥哥在车上装，我们用杈把整捆的麦子用力递给他。装满车后拉回麦场，摊开晾干后，就开始没日没夜连轴转，用借来的简易打场机打麦子。打麦子时也是几家合干的。

通过几遍的晾晒，趁有风的时候扬场，把麦秸和麦仁分开后，饱满的麦粒终于笑盈盈地呈现在眼前。待到装成一袋袋站立的麦袋围成堆时，每个人都笑了，那是丰收后的笑，真正开心的笑。因为，这笑声中浸泡了往日多少辛勤的劳作呀！

从 1996 年调到外乡镇工作，离家远了，加上此后农业机械化水平的提升，我就再也没有到地里割过麦子。现在，家里的亲人割麦子也不用镰刀了，而是在地头说笑着，打着扑克，喝着饮料或啤酒，等着排到号，机器收割时撑撑布袋就行了。上学时经常写在作文里的实现"四个现代化"已不再是梦，变成了真真正正的现实！"现在当农民幸福多了！"这是回家时家人和邻里经常说的一句话。

历史的车轮滚滚向前，发展是永恒的。而早年在老家收割麦子的场景，已成了中国农村从人工到机械化生产的一个缩影。

2015 年 6 月 9 日

带着婆婆看黄河

周末前夕和先生商量，决定带婆婆外出旅游一次，尽尽孝心。时间有限，最后目标锁定为郑州黄河生态水利风景区。

当天，我们驱车两个多小时就到了风景区。一到景区，清新的空气，干净整洁的路面，红花绿草，郁郁葱葱的树，沁人心脾的花香，立刻让人心旷神怡，神清气爽。向西南方向望去，进入视线的是祈福的大钟、青铜方鼎及背靠邙山、面向黄河的炎黄二帝塑像。

我搀扶着婆婆登上有炎黄二帝塑像的始祖山，又陪着她一起去看景区的碑林。我们走在绿色如海的林间小道，边走边谈，陶醉在风景如画的世界里，不知不觉便来到一尊雕塑前。雕塑立于喷泉正中，是一位端坐在石台中央、盘着发髻、面容温和而慈祥、低头注视怀中婴儿的母亲形象。四处不断喷出的水流，使整个白色的母子雕塑如同一朵长开不败的洁白的水莲花。我想创作者通过此种创意，试图表达的是母爱的伟大、无私和纯洁。

我们坐着观光车来到黄河中下游分界碑前。站在分界碑的西北角眺望，桃花峪、黄河大桥、黄河滩及黄河的最后一道弯立即映入眼帘。听开观光车的师傅说，此处是观看黄河九曲十八弯的最佳处，尤其是登上分界碑旁边的观景楼极目远眺，黄河弯曲的河道、沙滩及黄河的浩渺尽收眼底。在黄河中下游分界碑处看黄河，虽没有黄河壶口瀑布的壮观和惊心动魄，但黄河的宽厚、博大和沉静可一览无余。

我独自登上当年毛泽东视察黄河的小顶山。在山顶看到毛泽东坐下来凝视黄河处建起的高3.8米、重4吨的伟人铜像。怀着崇敬的心情，我驻足瞻仰他老人家的铜像，不觉陷入沉思……

由于是陪着年近80的婆婆游玩，行走的速度较慢，有一些景点没来得及观看，但无论如何，陪老人一起看风景，还是过了一个有意义的周末。

2015年11月3日

难忘乡镇经历

顶着风，冒着瓢泼大雨，手里拎着一双沾满泥巴的雨靴，头发被雨淋得贴在脸上，我和包村干部一起走在泥泞不堪的乡村路上。这是我在乡镇工作近 20 年里，在安阳县西部丘陵地区工作时的一个缩影。

回首乡镇工作，许多铭记心底的记忆便一一浮现在眼前。

1985 年刚到乡政府上班，当年的秋季征兵工作开始，自己一人分包小寒片，其间恰逢下雨，双脚带着沾满的泥，从最远的汪流屯村推着自行车，吃力地赶到汪流村去拿适龄青年统计表。

在安阳县柏庄镇工作时，由于在党政办工作还兼任镇妇联主席，办公室工作头绪多，下乡的任务只能加班加点。记得 1998 年征订《妇女生活》杂志时，七八月份顶着高温酷暑，脸晒得通红，又正是午休时间，路上行人稀少，路两侧是高过人头的玉米地，一个人在路上骑行，也不胆怯，倒是现在想来有点害怕，大午休的，要是真遇到坏人咋办？后果不堪设想。由于肯吃苦，敢于负责，我镇的妇女工作总是名列前茅，受到县妇联的表彰。

待到步入科级岗位，在乡镇工作就是经历"惊涛骇浪"和惊心动魄了！

记得我在乡镇任党委副书记时，2002 年的第五届村民委员会换届选举中，经历了近千名的选民两阵对垒、剑拔弩张的选举场面。在选举中有村民以提出问题必须现场解决为由（实际上根本无法解决），干扰正常的法定选举。若不是熟读《村民委员会换届选举规程》，彻底吃透了换届精神，再加上多年在乡镇工作积淀的驾驭复杂局面的勇气和沉着冷静、处变不惊的心志，在一刹那间，辛辛苦苦按照选举程序进行的该村选举就要功亏一篑！当有群众跳出来闹事，说不解决问题就不能选举时，为了控场，保证换届选举依法有序进行，我大胆地站在选民能够看得着的长条椅上，声音洪亮地说："有问题请说问题，该解决的，只要符合政策，作为政府工作人员肯定全力解决；但不能解决的，也请谅解，决不能以此干扰破坏正常选举!"话从口出，赢得了绝大多数选民的赞同，选举工作在极短的骚动之后，又迅速趋于正常。再后来，由于注重贴近农民群众，全额产生该村新一届村民委员会班子成员后，我竟和几位有意见的群众交上了朋友。从此，一个曾多年乱得出了名的村得以大治，"村两委"班子的战斗力也空前提升！

在乡镇刻骨铭心的记忆中，禁烧工作也是其中之一。譬如，2012 年的秋季秸秆禁烧。整个秋季，除政府办公室通知到乡里开碰头会、汇报会外，其余时间，全部吃住在村，真有一种把青春和岁月都奉献给了乡镇的感觉！我曾在所分包的中间片大官庄村，禁烧期间一待就是 25 天，中间没有回过一次家！清晰地记得直到那年国庆前夕下了一场大雨，才回家看了一下正在读初中的女儿。工作任务繁重、头绪多，是乡镇工作特色，顾及家人的时间真的很少！

乡镇工作的历练，积淀了自己的工作阅历，工作经验从青涩走向基本成熟；同时，也锻造了我的思维模式，铸就了我吃苦、坚韧、敢于担当和负责等诸多品质。近20 年的乡镇工作生涯，令我终生难忘！

2015 年 11 月 27 日

清晨随笔

清晨，徒步行走在寒风中。古城河边的甬道上，落满了厚厚一层柳树叶子，叶子变得干黄、憔悴和无力。环卫师傅低着头正在用长条扫帚一下一下认真地打扫着。在甬道边和冬青树旁，已有扫成一堆一堆的树叶。此时的柳枝经过一场大雪后，无力而疲惫地下垂着，挂在树上的叶子无精打采的，好似垂暮的老者，没有了往日的精气神。

继续前行，到了东南营小学路段，是落了满地的杨树叶子。有的叶子呈金黄色，好似含着笑匍匐在地上；有的叶子呈墨绿色，好似在高高的树上还没待够，极不情愿地被大风无情吹落在地，叶子落在地上了还倔强地向上卷着。尽管如此，这些树叶还是到了"零落成泥碾作尘，只有香如故"的季节！

　　我不禁暗自伤感起来。树叶从春天发芽到嫩绿，再到绿树成荫，遮天蔽日，这当属它们的青春韶华，待到热情和成熟的季节已过，哪怕是落叶成尘，但冬去春来，它们仍有复青和再度在树上随风飘扬的时候。而我们人类是那么脆弱和不堪一击！人生只一世，整个人生旅途都是单程车，不可复制，人去了，再也回不来了，仅能在世上走一遭，甚至没有一棵小草、一片树叶那样幸运，它们可以"死而复生"、一岁一枯荣，我们人类却不能！人生的意义弥足珍贵，大概就在于此吧！也难怪古人在字里行间流露出"浮生长恨欢娱少，肯爱千金轻一笑。为君持酒劝斜阳，且向花间留晚照"人生需及时行乐的消极思想。

　　因此，我认为：人只要能健康快乐地工作和生活着就是最大的幸福！人生在世，无论有多难，工作和生活压力有多大，命运有多坎坷曲折，都要勇往直前，笑对人生，而不能弯腰折背，失去自我，理应坚如磐石，以只争朝夕的精神状态去谋划和奋斗属于我们的美好明天！

　　想到这，我在上班的路上走得更加坚定有力了。

2015 年 12 月 3 日

电影院记忆

现在想起童年能生长在农村，也实属一件幸事。因当时的农村，吃的全是纯天然、无公害食品，蓝天白云，空气也绝没有污染。

生长在甜蜜的乡村，喝着抽出的淙淙机井水，吃着用手一擦就能入口的绿皮黄瓜、脆且发甜的紫皮茄子、味道酸甜的红皮西红柿，蹚着汩汩流淌的渠水长大的我，现在想来好生幸福！但幸福还不止这一个，譬如，我会像众多同龄人一样，捡金钟烟和芒果烟盒叠纸面包玩，捡石头子走"田"字格，玩碎布头缝制、装有谷糠的布袋游戏，月光下在麦秸垛和玉米秆垛玩藏猫咪的游戏，这都是童年幸福的回忆。此外，还有填充童年更美回忆的是看露天电影！

那时，乡村放映员还没扯上白色的电影布，我和其他邻居的小伙伴们便拿起板凳去占看电影的地方，也或搬来几块砖头、瓦块，垒上两层当凳子坐。有时能占上好几个空地，好让打理好家务的家人坐！等到真正放电影了，往往是《地道战》《地雷战》《南征北战》这些每次都重复播放的影片。即便如此，我和哥哥、姐姐及小伙伴们还是看得津津有味，童年的记忆就这么令人回味。露天电影就这样走入我的童年，其间也有紧随邻居家大我好多岁的姑姑、姐姐们到五六里路远的邻村看电影的经历。

长大一点后，就是在学校的组织下，排着队步行到十多里远的城里看电影。鼓楼影院是我人生踏进的第一个电影院，《闪闪的红星》《红孩子》等一些红色电影就是在这里看的！

当兴起武打片时，电影《少林寺》《少林寺传奇》又"催"着我走进了影院。在电影院里哭得眼圈都红了的是在北门安阳影院看的《妈妈再爱我一次》。未看此片之前，就听已看过影片的人说要准备好手绢，看过影片后，果然几乎所有的观众都像是刚哭过的样子。至今也忘不了李仁堂主演，由著名歌唱家蒋大为演唱主题歌的电影《青松岭》，黑脸、白牙而又有点不正大光明搞投机倒把的反面人物"钱广"，扬鞭赶着马车奔驰在大路上的万山大叔和《沿着社会主义大道奔前方》的电影插曲，始终都觉得是一种特美好的回忆。

后来，陆续在东方红、红光等影院也看过许多电影，但都没有门口热闹非凡的鼓楼影院记忆深刻。姜黎黎主演的电影《红牡丹》，以一曲《牡丹之歌》让我百看不厌。

因市场经济的原因，鼓楼影院、东方红影院等像其他大多数影院一样，渐渐淡出人们的视野。特别是我情有独钟的鼓楼影院，如今已没有了往日的繁华，像在静静地向世人讲述着昔日的辉煌。

尽管现在的电影院豪华、气派，有立体声，又有3D、4D 的，但不知咋的，走进电影院再也找不到过去看电影的那种感觉了。是年龄的原因，还是电影水平的因素？或者两者皆有？

前几天和先生沿着小区附近散步，走到横店影视城门口，抱着看一看有没有上演好电影的心态走进影院。到大厅一看，正在上映微信及媒体介绍票房很高的《夏洛特烦恼》，于是，便买了两张票去看。看过影片后，也没找到之前看电影后那种久违的感觉。

也许是先入为主，自己较为怀旧的缘故，任凭风吹雨打，岁月流逝，任何高档的电影院再也不能像老城里的鼓楼影院那样占据我的心田了。

但无论如何，时代发展变化了，人们看电影的环境和条件是那么的方便和舒适，这是不可否认的，更何况现代电影制作技术很高超，它可以让人领略到比以往更高的电影艺术。

2015 年 12 月 10 日

人·雪

当我们的脸上出现皱纹，一笑成了菊花；当我们有了厚厚的眼袋，两鬓也有了白发，足以说明我们的容颜不再年轻，我们已青春不再，已走向成熟。

今年的第一场雪，最初只是一片、两片的雪花在空中飘扬，好似轻歌曼舞，又好似嬉戏玩闹。隔窗再看，已是大雪纷飞。只一夜间，到了次日清晨，满地已是厚厚的积雪。上班的人们一边喜悦着，一边小心翼翼地在未化的雪地里行走着。

两天的雪，足以净化空气，也净化了世间的一切。雪天的降温，让人真真正正地感觉到了什么是冰天雪地。

接下来，慢慢融化的冰雪，正像是人在慢慢品尝着由青春到年老的过程，不同的是，一个是物，一个是人。一场冬雪足可以寒冷一个冬季，而人的一生是可以让人们由青涩到成熟，从不懂到懂，从看不惯到棱角磨平、从容淡定，笑看花开花落，闲庭信步。经过岁月的历练和沉淀，人再也不会有那么多的愤世嫉俗，而是逐渐学会了自我完善。人生是多么富有诗意和哲理，它的化茧成蝶对人和社会的进步又是那么积极！

当雪融化殆尽，渐渐淡出人们的视野，换来的是更加清新的世界！

当人们渐渐步入暮年，迎来的是成熟、淡定和坚忍不拔，是对家人、社会更多的责任和担当！

2015 年 12 月 15 日

幸福中国年

当大红的春联和"福"字挂卖于街头，当"祭灶"的芝麻糖再度映入人们的视线，当街上人头攒动，几乎挪动着步子也很难行进时，又一个新年脚步匆匆地来到人们眼前。

过年了！儿时过年的感觉多好，而现已人到中年的我，只觉得时间匆匆，一切都在眨眼的工夫来到跟前，一切又转瞬即逝！

"千门万户曈曈日，总把新桃换旧符。"穿新衣，戴新帽，大家见面说声"新年好"的新春佳节，让中华儿女普天同庆、其乐融融！

遥想儿时在乡下过年，年味很浓，尤其是年前过节准备的过程，虽很辛苦，但觉得十分有盼头。从腊月二十三的"祭灶"开始，便掰着指头数时日，就倒计时似的急盼着过年。

腊月二十三这天，父母就会在头上扎上一个毛巾，拿根木棍捆上扫帚，把房顶和墙面上的灰尘全部清扫一遍。从这天起，放寒假的我和姐姐，会把家里的床单、衣服全部集中到家门口，用从家西边担来的拔凉井水好好地洗上一遍。那时没有洗衣机，一洗就是晾晒好几绳子的衣服和被单，觉得很有劳动的成就感！

之后，我俩还会帮父母把家里的衣柜、方桌、木制的窗棂和玻璃都擦上一遍。到了年三十下午，我和哥哥、姐姐拿起瓷盆洒水后，用扫帚把院子打扫得干干净净。哥哥用的是竹扫帚，我和姐姐用的是高粱秆捆扎成的笤帚，打扫后的院子焕然一新。待把红红的对联用糨糊贴上——糨糊是用白面做成的，到放上一把鞭炮，吃晚上的饺子时，除夕就正式拉开了序幕，然后就是全家人围着灶台嗑瓜子聊天守岁，兴奋地等待着新年的到来！

20 世纪 60 年代末 70 年代初，物质还相对匮乏，那时每个家庭都比较拮据。记得当年父亲一般都是腊月二十八才会骑着横梁加后座的自行车，车后座上带一个长条竹篮子，到离家十多里的城里买上一长条肉，也会买些芹菜、莲藕、海带和豆腐回家，到了年三十下午用锅加上海带把肉炖熟。肉是整块炖熟的，大年初一中午，母亲会拿出来切上几片，吃菜时，加上几片肉和海带，舀到每个人的菜碗的最顶端。此外，就是正月里有亲戚和外客来家里了，再如此这般地食用。那时过节，一般买肉都拣肥的买，家里炖之前会把一些稍肥的肉炼成整盆的油，待到炒菜和做汤时加上一点，这也是当时对付家里炒菜省油的最好办法！长这么大，现在想起来，那时的肉最香，最好吃！

社会发展到今天，物质生活极其丰富，平常吃得比那时过年还要好，过年跟不过年几乎一个样，用大家常说的一句话就是：几乎天天在过年！这或许是众人觉得过年不再像以前那样有年味的原因之一吧！也有朋友说，要想找浓浓的年味，还是到乡下，那里过年的感觉最好！

时代在变迁，社会在发展，但无论如何，春节在每个中华儿女心中永远都盛满了对祖国、对亲人、对未来甜甜的期盼和真诚的祝福：祝愿祖国更加繁荣昌盛，期盼家人平安健康，期望自己的小日子和和美美！

农历春节，最幸福的中国年！

2016 年 2 月 17 日

村

　　仔细想来，进入猴年，我写的第一个字竟然是"村"字！村子、村庄、村里，无论怎么称呼，农村老家，这个生我养我的地方，它记录了我的成长轨迹，也寄托和承载了我无数的乡愁。我一直为它欢喜为它忧！

　　每次回家，我都能感受到家乡的变化。走到村边，就能看到村南头被商家开发的、栋栋拔地而起的高楼；进入村内，家家户户都住上了两层楼房，这是小时候无论怎么想也想不出来的场景。昔日农家院常见的镰刀、锄头等农具不见了，取而代之的是机械化的耕作；儿时院子里的那棵槐树不见了，紧挨自家院落的棵棵枣树不见了，村中间的那口辘轳水井不见了，自己几乎成了村里的陌生人。这一切都成了我彻头彻尾的乡愁。每每想起这些，就生出许多伤感。

农村社区的成立和村内健身广场的配置使父老乡亲很是受益。与此同时，家乡城镇化式的发展，也有不尽如人意的地方，譬如耕地面积有不同程度的缩减，在幼时看来一望无际的田野，现在好似成了压缩饼干，变成了一小块一小块。

于是，进入猴年，当浓浓的乡愁在心中再次涌动的时候，我便动笔写了寄托我无数乡愁的诗歌——《村南头的高楼》。它也是我猴年的第一篇文稿，被刊登在《安阳晚报》2016年1月15日第11版上。毋庸置疑，村，便是我猴年书写的第一个汉字了。

老家农村，这个令我魂牵梦萦的地方，看到它的发展变化，我由衷地欣喜；看到它不尽如人意的地方，我也为它忧虑。因为，那儿是我成长的起点，也是我放飞梦想的地方！

新春伊始，祝愿家乡越变越好！祝父老乡亲的生活越来越富裕，日子越来越甜美！祝愿他们的一切能像芝麻开花——节节高！

2016年3月3日

春野菜

童年时代，春野菜帮我们填饱肚子，给了我无数的童趣，也带给我无穷的回忆。

记得每逢春季没菜下锅时，放学后，书包一放，我第一时间就会和哥哥姐姐以及小伙伴们提上篮子到地里去挖春野菜。面条菜主要生长在麦田里，也有的紧贴着麦苗长，它的叶子细长、嫩软碧绿。透着清香的面条菜，跟麦叶相似，刚长出时，嫩嫩的，所以招人喜欢，多年后才知道它还有学名叫麦瓶草。它的身姿在风中轻轻摇摆时，是有点骄傲的、与众不同的样子。待到长大，开一粉红色五瓣花，非常好看，就成了麦田里一道亮丽的风景。由于它影响麦苗生长，在地里干活时，老是被我们连同灰灰菜拔掉，弄得满手都是"绿锈"。后来有了除草剂，面条菜、灰灰菜等都被清得一干二净。面条菜吃时口感好，也多是在青菜断档的情况下，经母亲用热水焯过，再用清水洗净以后，放到面条锅里的。当然，也有用蒜汁、酱油、醋加工后凉拌着吃的时候！

苦菜，儿时记得我们叫它曲曲菜，它也是我们挖的春野菜之一。往往是挖满篮子回家后，择好再用水洗净，母亲便会很细心地切好，然后配上酱油、醋，有时也略微加几滴香油，早晚吃饭时，能多喝一碗饭呢！尽管菜有点苦，但我特别喜欢，更喜欢苦菜洗净后的白生生的菜根。

凉拌吃过的春野菜中，还有蒲公英，也叫婆婆丁，儿时我们叫它补补丁。记忆中，蒲公英和苦菜一样，味也很苦。它一般都长在家乡的坡地里、沟渠边，开金黄色小花，主要是凉调着吃，有清热解毒的功效呢！

像小时候吃过的马齿苋菜饼、榆钱馍、野苋菜一样，久违了的面条菜、苦菜，早已成了我对童年的一种遥远的记忆了。这种记忆既苦涩又甜蜜，毕竟它们在我成长的过程中是立了大功的。此外，它们也承载了我无数的乡愁和童年的欢乐，怎能让我轻易释怀呢？

2016 年 4 月 26 日

不必找寻桃花源　其实我们很快乐

中学时代读过陶渊明的《桃花源记》后，其中唯美的意境令我心驰神往，甚至人到中年的我，无时不想到陶公描写的桃花源去探寻。

凡夫俗子，生活在柴米油盐酱醋茶的琐事当中。现代社会生活节奏的加快，来自生存和工作上的竞争压力的加大，使人像上足了劲的发条，紧绷绷的。如何在喧嚣中使自己心灵安宁，保一方净土而又怡然自乐，找寻自己生活中的"桃花源"，自然也很重要。

工作头绪多、任务重，这是不可避免的，但一有间隙，体味一下翁卷诗中"闲上山来看野水，忽于水底见青山"的心情也未尝不可。非常欣赏王籍的《入若耶溪》中那种意境，好想能像诗人一样驾一叶扁舟，在水天一色的溪中游玩。人们大都在繁忙过后，也想放松身心，去感受"蝉噪林逾静，鸟鸣山更幽"的静谧。生活中谁都不可能一帆风顺，但也绝不能逃避矛盾，产生"此地动归念，长年悲倦游"的消极隐世思想。

有朋友说，生活在海边，能不能捡到贝壳，是自己用不用心、下不下功夫、有没有信心和毅力的问题。能否找到生活中的桃花源依然是自己的心态和定力问题。对事情是笃定还是淡定，生活是快乐还是悲伤，很大程度上跟自己的人生修炼有关，都取决于自己的心志。作为一个人，只要不攀比、不浮华，肯努力、肯打拼，就会感觉时时刻刻都在快乐着，不必刻意寻找世外桃源！

人们无论从事什么工作，都是为了生计。我们必须依靠自己的双手去养活自己，去支撑家庭，这无可争议。除了工作，在遇到困难时，获取友谊的力量也很重要！若是有位在农村生活的朋友，能让我们在疲惫之余放松身心，去感受"开轩面场圃，把酒话桑麻"的乡村情调，也绝对是件幸事！老友相聚，偶尔出现一次像诗仙李白"天子呼来不上船，自言臣是酒中仙"的放浪形骸，像李清照"沉醉不知归路"也在情理之中。

近日重读古诗词，感觉唐代常建的《题破山寺后禅院》"清晨入古寺，初日照高林。曲径通幽处，禅房花木深。山光悦鸟性，潭影空人心。万籁此都寂，但余钟磬音"一诗的意境，也像世外桃源、人间仙境。在能充分感觉到作者忘却世俗、寄情山水的隐逸胸怀的同时，这如诗如画的景色，同样也很令人向往。作者描绘的那种静和萦绕上空的钟磬空灵之音，若不能抛去浮躁，便也不能入诗为画的，真想切身去感受一下。祖国的大好河山不胜枚举，如只是走马观花，不能用心去感受，哪能有收获，更别说提笔成文、抒情言志了。

唯美意境的"桃花源"不可复制，但只要我们每个人都能树立正确的人生观和价值观，不攀比，不跟风，干好本职工作，敢于打拼，且多做善事，那么我认为：活在当今的这和谐盛世，跟生活在桃花源的幸福指数有何差异呢？所以说，不必寻找桃花源，其实我们很幸福。

2016 年 6 月 24 日

多伸援助之手

前几天，一个陌生人打来电话，通话后才知是按照区妇工委要求看望过的一个结对帮扶特困儿童的奶奶。放下电话，我陷入沉思。

幼时，母亲经常对我们姊妹几个说："做人要善良，要乐善好施，向那些生活困难、值得同情的人多伸援助之手，不能以强欺弱，这样做让人看不起。"我们家的生活过得也不富裕，吃的、穿的都很紧张。由于姊妹多，又都在上学，只有母亲一人挣工分，所以我们家分的口粮很少，根本不够吃。在困难的日子里，邻居经常接济我们家。村西头四芳大爷扛了一道街送来的一袋红高粱面，让我永远难忘；六大娘送来的半袋红薯片，在缺粮的时候帮我们家渡过了难关……街坊邻居雪中送炭的行为，让我想起来就感到温暖，觉得世界是如此美好！

　　尽管日子过得贫穷，但母亲从没忘记为需要帮助的人伸出援助之手。记得在 20 世纪 60 年代，受风沙和水涝灾害的影响，不时会有外地的灾民逃荒到村里，每到饭点，母亲总是在第一时间给上门的灾民递上一个热窝头，端上一碗热饭，哪怕自己的孩子眼巴巴看着！小时候是计划经济，物资极为匮乏，生产队有缝纫机的只有我们家。母亲会裁剪衣服，每到春节前，让母亲帮着做衣服的邻居就会挤满我家，而我们姊妹几个的衣服，母亲总是熬夜做，有时会做到农历大年初一凌晨。身教胜于言传，母亲帮助别人的点点滴滴，在我们姊妹几个幼小的心灵留下了深刻印象，也在无形中给我们做出了榜样。

　　中华民族向来有乐善好施、扶危济困的良好传统。在大力倡导社会主义核心价值观的今天，这种优良传统需要每个公民践行，同时也需要每个公民弘扬良好的家风，多伸援助之手，帮助那些身处困境的人，唯有如此，才能树立起社会正气，让全社会充满正能量！

2016 年 6 月 27 日

筑牢心中梦　走好脚下路

那年高考，16 岁的我骑一辆横梁自行车，后座上带着行李卷，骑行六七公里叫上同学后，再一块骑行十多公里到从未去过的、邻乡的一所中学去参加高考。

20 世纪 80 年代初的高考，考上大学是件极不容易的事。录取比例极低，用千军万马过独木桥来形容一点也不夸张。尤其是农村的孩子，考上大学真是鱼跃龙门了！也许是给自己找托词，自己在高中时代当过全市的"三好学生"，并参加过"三好学生"代表大会，也当过班干部，不能说学习不好，但两次高考都以失败而告终。

第一次参加高考，恰逢父亲食道癌晚期，我就在他所在的乡中就读。为了送走毕业班的学生，父亲强忍着病痛的折磨，每当吃饭看到他下咽时艰难痛苦的样子，我心里就很难受。参加高考时，进入考场，我脑子里浮现的都是父亲的痛苦状。第二次高考时，父亲病故。也许是天意，两次高考都不在状态，我完全没发挥出平日的水平。

当我重新拉起复习的大旗，在复读班准备再次向早已向往的目标冲刺时，1985 年，安阳县在 24 个乡镇招聘乡干部，母亲和哥对我说："考上大学也是为找个工作，这次招聘据说待遇方面都很好，就回家吧！"当哥帮我背着行李卷步行、坐车又步行回到家时，我觉得万念俱灰！至今想起来觉得没参加那年的高考是一种遗憾！但遗憾归遗憾，世界这么大，道路千万条，也许自己就应该坚定地走这条路。

1986 年，全国第一次成人高招开始，我轻松地考上了郑州大学汉语言文学函授专业。之后，我又相继参加了中央党校经济管理函授班和省委党校在职研究生班的学习。30 多年的时间里，除了工作和生活，无论多忙，我每天都要挤出至少一到两个小时的时间学习，并坚持做学习笔记。长期的学习，除了接受多个工作岗位的历练、洗礼外，新闻、散文、诗歌的写作在各位老师的帮助下，也提升了很多，文章经编辑老师指正后，偶尔还能见诸报端。

我始终信奉这样一句话：上帝给你关闭一扇门，一定会为你打开一扇窗。人生路上人们要经历许多次大考，而高考只是其中的一次，考上了，我们10多年的辛苦没有白费；万一没有如愿以偿，也不能说自己一无是处，更不能一棒子把自己打死，一考不能定终身，后天努力更重要！一次人生大考没有在试卷上写好自己的未来，并不意味着今后就成功不了。

人生道路千万条，总有适合自己的一条路可走，而且会走得更好、更远。在中国历史上，不乏科举落第而在其他方面卓尔不群的例子。明代医药学家李时珍，青年科场失意，但经过30年的努力写出了流传于世界的《本草纲目》；清代文学家蒲松龄，一生困顿，科场失意，以一部《聊斋志异》成为中国文学史上集大成者，诸如此类的例子不胜枚举！

非常喜欢著名歌唱家刘欢演唱的几句歌词："心若在梦就在，天地之间还有真爱。看成败人生豪迈，只不过是从头再来！"

时间转瞬即逝，人生极为珍贵！假如失败了，我们哪有太多时间去哀愁和叹息，还不如迅速调整好心态，树立起新的目标，去努力、去追寻。失败是成功之母，只要心中还有梦，只要坚实地走好脚下的路，我们就可以插上理想的翅膀，朝着有梦的方向奋飞，成功在前方正向我们招手致意，等着和我们有力地握手呢。

2016 年 6 月 28 日

路经小巷

下班回家时，我喜欢走在幽静的小巷里，用脚步丈量着下班后的心情和时光。

每当走进这条小巷时，我便自然放缓脚步，因为它有满目的翠绿、数不尽的花草和住户种的许多青菜位居其间，有小巷主人们紧沿院墙利用有限的几十厘米的空隙栽种的一垄垄莙荙菜，它茎长叶肥，让我禁不住想起了早年母亲用水焯过后，加上蒜汁、酱油、醋和几滴香油调拌好的味道。小巷里也有它的主人在家门口种的叶子硕大，且叶子上面有斜出的一道道条纹，呈深玫红颜色的苋菜。还有种的辣椒秧，上面结满了一串串又细又长的尖椒，对于喜吃辣椒的我，总是忍不住多看上几眼。

喜欢这条小巷的另一个重要原因，是因为这条小巷几乎家家户户的墙外，都有用不同颜色的布条依墙而攀起的瓜绳，成了小巷的一道独特风景。绳上爬满了丝瓜、北瓜、梅豆角等秧苗。丝瓜秧沿着绳条执着向上，竟长得高过墙头，到达主人搭建的阳台上，并开着一朵朵金黄色的喇叭花，特别惹人喜爱。小巷的中央有一片很大的丝瓜秧架，十分引人注目，它的主人用纵横交错的红布条织成了一个大小不同、不规则、网格形状的架子。上面的丝瓜秧由北向南长得满满的，给前排邻居一楼遮出了阴凉。

向南紧挨的另一条小巷，也是我下班时经常路过的，这里有一种树让我每次经过时都费尽了思量。看它的主干，比千年古柏还沧桑，总觉得它掉着树皮，好似因干涸即将枯死。但抬头看，在精心搭建的架子上却枝繁叶茂，而且长满了似一串串绿色珍珠的葡萄。倔强地爬上架子后，许多枝枝杈杈和叶子形成了枝繁叶茂的葡萄架景观。

对第三条小巷的喜爱，是因为其间有比较讲究的住户家门口两边，有的摆放着铁树、四季青，有的沿墙种着粉色的月季花，也有种红色指甲草等其他花草的，漫步其间似在游园。看着这些花草和秧苗，看着它们一天天在长高、开花，并结出青嫩的、向下倒悬着的黄瓜，感觉自己也能在这些花花草草之中找到些时间的印迹了！

小巷里偶尔会有一两棵挂满青青果子的柿子树、苹果树，有时也会出现一条小狗睁着双眼卧在门口，间或也摇着尾巴在小巷里走来走去，让人更是喜不自禁。

这几条小巷交叉、重复地走过多年了，行走其间，没有汽车尾气的污染，没有喇叭的噪声，反而能寻得短时的静谧，求得一时的放松。

人一生能轰轰烈烈、惊天动地地干一番大事业固然好，但毕竟是凤毛麟角，芸芸众生，大都还是凡夫俗子。踏踏实实地干好自己的工作，孝敬好自己的父母，经营好自己的家庭，平平淡淡追求生活的本真未尝不是件好事。就如我路经小巷的人们，尽管我不知道他们是谁，也不知道他们在从事什么工作，但透过他们生活的小巷，能让人们感觉到田园般的静谧、温馨、祥和，这何尝不是人生的一种真实的幸福呢！

路经的小巷给人以生活的启示，真切地喜欢走在小巷里的感觉。

2016 年 8 月 18 日

非凡意志铸就胜利巅峰

心目中，中国女排是一支谱写神话、缔造传奇的团队，8月21日观看中国女排在里约夺冠后我由衷地感慨。

纵观女排整个比赛，从2：3输给荷兰、0：3输给塞尔维亚等场小组赛的磕磕绊绊，再到过关斩将后跟塞尔维亚的巅峰对决，直至夺冠，没有非凡的意志和超乎常人的定力，哪来惊人的大逆转！荡气回肠的比赛，令观看比赛的我心潮起伏，时不时眼眶湿润，因为这毕竟是时隔12年后中国女排重返奥运之巅的激动和震撼！作为一个中国人及女排的忠实仰慕者，感到无比的骄傲和自豪。

"所有困难都是比赛的一部分，要忍得住、耐得住，坚持到最后，追求每一分。"这话道出了对比赛的坚韧不拔！"最好每场比赛不要设计结果，而是要一点点去拼，一分一分咬牙顶。"此话阐释了"不积跬步，无以至千里"的女排成功之道。在采访惠若琪、颜妮等每一个球员时，无不道出身处逆境时"团结拼搏"的女排精神和面对强手不服输的精气神。从面临出局到大逆转后登上领奖台，胜利是在非凡意志的统领下，脚踏实地打拼出一片灿烂的天空！女排整个团队的永不放弃、把过程做好、享受比赛的境界，令常人少了些浮躁和好高骛远，多了些坚韧和脚踏实地。

在实现"两个一百年"奋斗目标和中国梦的伟大征程中，每个人及每项工作都应如此：坚定信念、埋头苦干，无论遇到多大困难、道路有多坎坷，无论对手有多强大，舆论上遭遇多大质疑和压力，只要我们信念笃定且善于团结拼搏，终将获得成功，并笑得最甜。

女排精神，乃是我中华民族自强不息、顽强拼搏、越挫越勇、敢攀高峰、敢于胜利的民族精神的重要组成部分，是对坚定理想信念、敢拼善打、一往无前的团队精神的生动诠释。把这种精神传承并发扬光大，我们的革命事业将无往而不胜！

2016 年 8 月 25 日

秋思

时光如白驹过隙，转瞬至秋。

看惯了春的百花争艳，体会过夏的热情、任性和酷热难耐，秋天如期而至。自此天高云淡，天空湛蓝，排成"人"字形的大雁舒展双翅，飞得更加恬淡、悠远。不喜欢悲秋，尽管它有时也萧瑟、凄婉，只是喜欢它的净美、寥廓、丰硕和秋雨的缠缠绵绵、淅淅沥沥。

入秋，天凉了，人会清爽许多，但人在这个季节最大的收获是能看到硕果累累：除了红色的苹果、金色的梨、橘黄的柿子等诸多水果外，还有长出了胡须、躲在绿色衣服里的金黄色玉米和压弯了腰、很低调的高粱、谷穗……面对硕果累累的秋，人的心情也会充实很多，尤其是在丹桂飘香、中秋月圆的日子，更觉富有诗情画意。

秋天教人学会了沉静、积淀，懂得了只有辛勤付出才会有收获的人生哲理。同时，也让人明白了当遇到烦恼、坎坷和失败时，要学会秋风扫落叶的狠劲儿，不要总是徘徊低迷，而是要迅速调整好自己的心态，忘掉烦恼忧愁，总结经验教训，挺起脊梁，勇往直前，向着更高远的目标迈进，所谓愈挫愈勇，历久弥坚！可以想象，经过艰难的跋涉，我们的未来一定会像大美的秋色一样耀眼夺目、金光灿烂！

在净美的秋天"看万山红遍、层林尽染"，沉醉其间流连忘返固然美好，但大自然不会逆时而转，当它走累的时候，也会哀婉低泣，阴雨连绵。到了晚秋，很可能一场突如其来的狂风过后，把毫无思想准备的人们迅速带到了寒冷的冬的边沿。但秋很坦然，因为它已完成了自己的神圣使命，期待着下一个大美秋天的到来，重新展示自己的五谷丰登和色彩斑斓。

秋已到，正是天凉好个秋！

2016 年 9 月 6 日

心中的中国红

中国红，像七彩的音符和旋律，在我心间跳跃。

我心中的中国红，是从"忆往昔峥嵘岁月稠"的浙江嘉兴南湖上的一只小船，在风雨飘摇中驶向了南昌城。从武装打响国民党反动派的第一声枪声开始，到湖南秋收起义，在革命的艰难困苦时刻又指向了井冈山的红旗漫卷。在历经第五次反"围剿"失利，事关党和红军生死攸关之际，幻化成了红军爬雪山过草地的两万五千里长征这一世界壮举！遵义、大渡河、泸定桥、金沙江……红一、红四方面军的胜利会师，直达陕北的吴起镇，中国一次又一次被红色染遍大地，那是十几万红军将士用鲜血和生命铸就的！此时，中国版图上红旗又一次高高飘扬起来！近期看过电视剧《绝命后卫师》之后，更为用鲜血凝成的旗帜而震撼和流泪！

历经十四年抗战，经过辽沈、平津、淮海三大战役，我心中的中国红跋涉千山万水，代表着中国共产党人崇高理想信念的中国红演变成了天安门城楼上迎风猎猎的五星红旗和一个浓重湘音向全世界的庄严宣告：“中华人民共和国中央人民政府今天成立了！”中国人民从此站起来了！近代中国遭受的所有欺凌和屈辱被荡涤殆尽，天安门上空的和平鸽飞向了祖国的四面八方！迄今为止，和平的脚步已迈出了铿锵的 67 年，还将向“两个一百年”的奋斗目标大步跨进，实现中国人民的全面小康！

“百灵鸟从天上飞过，我爱你中国！”红色，始终充盈着我的内心。可爱的祖国是红色的版图，红色的土地有红色的信念，在五星红旗的引领和照耀下，在新的时期，我的祖国必将焕发出新的生机和活力！作为红色舵手的中国共产党，驾驶这艘航船，必将破浪前行，所向披靡，实现伟大的中国梦！

我被红色深深感动着、激荡着，因为红色代表着信念的坚如磐石和胜利的不可抗拒！我为能生长和生活在这样一个红色的国度里而骄傲自豪！

在我们的国家，红色又寓意着喜庆、吉祥！尤其在国庆节，当大街小巷、景观道两旁挂满了一面面鲜红的旗帜时，伟大的祖国笑了，它的山山水水笑了，每一名中国人更是沉浸在欢乐、喜悦的海洋！

期盼红色能给祖国永远带来好运，祖国能够永远吉祥安康、繁荣富强！

2016 年 12 月 13 日

武隆之旅

五年后有机会飞抵重庆武隆去旅游，景点给我留下极深印象，谨以拙文以记之。

观景台之悚

真的很佩服大自然的鬼斧神工和人的巧夺天工。当车从市区行驶 3 个小时后，即到达武隆天生三桥玻璃观景台。天公增加了此次旅行的诗情画意，我们一下车，竟急促地下起了雪，这是 2017 年感受的第一场雪，且在异地，有了意想不到的惊喜！

通过检票口，沿着绿色的地毯拾阶而上几分钟，便是玻璃观景台。据介绍：观景台位于海拔 1200 米高的悬崖顶部，向外悬挑 11 米，长 26 米，整体嵌入岩壁，距离悬崖底部垂直高度 280 米。刚一踩在玻璃台俯视，三桥景群便映入眼帘。我一向自认胆大，此时却两腿发软不敢站立，丝毫不敢多看一眼周围的美景，尽管眼前苍翠欲滴。先生搀扶着我才勉强站起往前走了几步，且嘴里大呼小叫直喊害怕，始终没敢靠近观景台边沿护栏。到护栏旁远眺，更富刺激性、景色更美，有道是"无限风光在险峰"。有了这般体验，才真切地明白什么是如履薄冰、战战兢兢，只可惜，透过玻璃台可俯视到的蜿蜒崎岖的山路，郁郁葱葱的树木，尤其是壁立千仞的秀美景色，由于自己的胆怯，看的时间太短，倍感遗憾。

惊悚之状和恐惧感仍挥之不去。在先生的帮助下，站到来时的地毯，当看到观景台上趴着、蹲着或斜靠着栏杆拍照的少男少女们，极担心他们随时有掉下去的可能！其实自己心里明白：瞎担心，此台的安全性没一丁点问题，是自己胆怯而产生的晕轮效应。让导游帮忙拍照留影后，便和先生快速"逃离"观景台。

事后想：假若吝啬 25 元门票，怎能身临其境体会"胆战心惊""战战兢兢"这些词的真实内涵和其确切呢。

天生三桥

乘车离开观景台约 7 分钟，便来到天生三桥。这里属喀斯特地貌，因山崖合围，导游说又叫"天坑三桥"。

与先前方向相反，这次坐立体观光电梯由上往下行走，首先到达的是"天龙桥"。该桥因有斜卧在巨大岩石上自然形成的一条腾飞似的巨龙而得名。桥孔呈"弓"形，又宛如一弯"月牙"挺立眼前。

沿石阶小心翼翼而下，拐了几道弯，站在台阶向右前方俯视，一个木质结构的四合院便进入视线。院子古色古香：黑灰色的外墙和瓦顶，房角四翘，此刻正下着丝丝细雨，给人一种年代悠远和空蒙的感觉。在号称"天坑"之处，居然有这么个院子，如从遥远天边飘过来似的！据导游介绍，此院是导演张艺谋在拍摄《满城尽带黄金甲》选外景时无意中发现，在较简易的屋子基础上，按照传说和相关历史资料，斥资200万元复原的。从石阶到较平的小路上走过几分钟，在刻着"天福驿馆"石碑的指引下，走进此院。领略过正房里的金碧辉煌后顺路向前，在经过一个巨大的、张牙舞爪的恐龙模型后，经过绿树青山，小桥流水，眼前一个似"刀形"的石孔桥伫立眼前，这便是

"青龙桥"。以桥孔为背影，游客纷纷做出紧握拳头、互相格斗或弓步弯腰、紧握双拳的造型，让导游拍照留念。走过桥孔回头看，青龙桥的造型又似一条张着大嘴、鼓着双腹飞跃龙门的鲤鱼。随即，右手方向导示牌上便有一段写有鱼跃龙门且寓意飞黄腾达的文字介绍。继续向前，导游说，三桥中最不能称为桥的是"黑龙桥"。因其洞长，桥孔不甚明显。但该桥有三处让我心生感慨：一处是从几百米的高空，竟有似粒粒珍珠的水滴从天而降的"珍珠泉"；另两处是从上直泻而下、形似阿拉伯数字"1"的"一线泉"和似弓又似水雾飞驰而下的"雾泉"。由此三景组成篇章，便觉得青龙桥丝毫不逊色于前两桥了。

过桥回眸，悬崖上有两个圆圆的孔，如猩猩的眼睛。若从上往下整体审视，还真像极了大猩猩的造型。大自然就这么神奇：经过它的天然雕饰，仔细端详眼前的景物，若看它像什么，便越看越像！

令人惊奇的是：深山之中还有水清见底的溪流和淙淙流水及旁逸斜出、结了满枝粒粒红豆似的野果树。

在满头大汗沿台阶奋力行进达到集合地时，游览愉快结束。

2017 年 1 月 2 日

盘点旧年迎新年

"时光它永远不停息，把我们年华都带去……"一首《花好月圆》，唱出了时间令古往今来无数平民百姓、仁人志士而抒发胸怀，甚至是对它的珍惜、感慨和无限留恋之情！因为人生在世，时间是最令人无奈和最难以掌控的！

时间是真的不禁过！就连掰起指头数下日子，也像来不及似的！在人们紧紧张张、忙忙碌碌，甚至还没回过神来之际，2017年已微笑着向我们走来！

刚刚过去的一年，无论我们为家和社会做出多大贡献，无论悲伤还是喜悦，曲折还是坎坷；人们无论是有着"自古圣贤皆寂寞"的孤寂，还是想崇尚"唯有饮者留其名"的生活情趣；无论在过去的一年经历了多么大的磨难，甚至是个人无法承载、难以向人述说的，时光的匆匆和岁月的无情，总会把人甩得很远，只顾任性地前行！即使你还带有诸多缺憾，但时间终将为过去的一年画上句号！陶渊明《杂诗》中"盛年不重来，一日难再晨。及时当勉励，岁月不待人"，也道出了时间的珍贵和对青春一去不复返的无奈！所以，人们若不珍惜时间，在大好时光发奋苦读、砥砺前行，铸就事业，到头来只能两手空空，后悔莫及！

　　一年过去了，大体怎么样，人们都会进行年终大盘点：这一年是顺还是有点坎儿；生意是赚还是赔；老人会捋捋家庭是不是和谐，儿孙们是否健康成长，是否还算孝顺等。不同的人总结和盘点一年的思路方法、内容不尽相同，但有一点：不管怎样，对待早已过去的人和事，始终都要怀有一颗善良、坦诚、包容和感恩之心。在过去的时光里，哪怕是工作、事业或者生活中有些坎坷曲折，甚至有些小人对己不仁不义了，也要笑对时间，笑对一切，感谢生活！因为，只有时间才能让我们有机会经历和感知这一切！人生谁都不会一帆风顺，任何事物向来都是呈波浪状前行，人也是在时间的长河中才得以看清事物本质的，即使有人伤着了自己，也要以极其宽阔的心胸去包容，直至感动他，甚至令他在面对我们的善良和包容时而忐忑不安，心生愧意！所谓"以德报怨""厚德载物"，一笑泯恩仇！

过去的一年，无论是事业上的春风得意，还是生意上赚得金银满钵，无论属于哪般状况，人们尤其还要重重地盘点一下我们的孝心！古有"羔羊跪乳、乌鸦反哺"之训，也有"卧冰求鲤、扇枕温衾"等美谈！生活在现代社会，我们丰衣足食，更没理由不尽孝心，不让父母安享晚年！

拽住 2016 年的尾巴赘述了这些，有很多怀旧的思想成分蕴含其中，同时，也心生许多对时间的感慨和无奈！但是，过去的一年，不论成功还是失败，不论顺也好，曲折、坎坷也罢，这一切的一切，都将随着新年钟声的敲响，与旧日告别，迎来崭新的一年！

新年新气象，愿天下人在新的一年万事遂顺、平安吉祥！

2017 年 1 月 3 日

读万卷书　行万里路

——赴西陵峡游览感怀

从西陵峡回来，一直在思考一个问题：为什么现代人不能像先贤圣哲那样游览过一地就留下千古传诵的诗篇？是眼界不够开阔，还是学识浅薄？待到仔细思索，方觉得差距之一，是跟学识的短板有重要关系。换言之，也可以说是书读得不够多，也不够精，知识积淀得不够丰盈。

当坐在游船上，观看着西陵峡的青山峭壁时，李白的诗句"两岸猿声啼不住，轻舟已过万重山"不禁浮现于脑海。沿山岩栈道前行，走到三游洞，静观白居易、元稹和白行简三人的雕塑时，穿越时空的飞绪，我仿佛看到他们在游览了长江三峡的秀美风光，尤其是在发现了此溶洞而各赋古调诗二十韵后，在西陵峡的把酒临风，壮志豪情！还有宋代"三苏"、欧阳修、陆游等文人墨客的接踵而至及留下的诗文歌赋！古人说：读万卷书，行万里路。据此我才明白苏轼之所以能写出"大江东去，浪淘尽，千古风流人物"这样气势磅礴诗句的魅力所在和思想情怀。导游在讲解下牢溪等西陵峡的秀美风光时说："我们都是凡夫俗子，虽写不出千古诗篇，但大家可以用心去体验此地的峡谷风情，放松身心去感受祖国的大好河山。"而此时此刻，与古人相比，我却有着深深的自责：为什么自己同样也是游览一遍，搜肠刮肚也没能写出像样的，哪怕是一般般的诗句呢！我不能不恨自己才疏学浅，腹中空空了！同时，也深感提倡全民阅读的重要性了！

深层探究，之所以和古代的先贤差距甚大，一则，我觉得是读书的时间少，花在应酬和其他方面的时间稍多了些，更缺少古人头悬梁锥刺骨的苦读精神；二则，读书浮躁，能静下心来精读名著，提升自身学识和修养的时间少，更别说"一日三省吾身了"，这是很大的悲哀！

不学不足以明智。抛弃浮躁，挤出时间，静下心来多读书、读好书，远离功利思想，积淀自己的学识和思想内涵，做一个内外兼修、知行合一的人，或许某一天，喜欢写作的自己能有好的文章问世呢！

临别当导游说希望大家都能明白"福、寿、康、健"四个字内涵，大家再相约同游三峡时，又给了我对生命意义的提示和震撼！

或许是西陵峡给我的灵感吧，它使我心生灵动，游历归来后让我明白了多读书的许多益处！

2017 年 1 月 6 日

大红灯笼高高挂　欢天喜地过大年

　　仿佛看到千家万户、大街小巷挂起了千万盏迎风飘扬的大红灯笼，仿佛已听到家乡响起的此起彼伏的鞭炮声，也仿佛看到了穿新衣戴新帽、欢天喜地的少男少女们节日里奔跑在街上的嬉闹情景……时光穿梭，丁酉鸡年在人们的百般忙碌和千般感慨中已笑着向我们走来！

　　小时候特别盼过年！盼的是大人们蒸年糕、做面鱼和豆包时，自己也能拿块面团，随意胡乱摆弄的那份乐趣；盼的是正月初一起五更能吃上一碗香喷喷的饺子；盼的是能在新年的第一天穿上母亲给缝制的新衣服；盼的是在正月初一中午能吃一碗海菜丝上加几片大块肥肉的皮渣肉菜；盼的是跟兄弟姊妹一块到族里长辈及左邻右舍家拜年磕头后能挣上满满一衣兜的爆米花！小时候的春节，曾洋溢着那么多欢声笑语，心中充溢着更多的是一种满足感和幸福感！只可惜拽不住时间的尾巴，再也不能让时光倒流，回到童年！

长大了怕过年！因为时间催人老，过一个新年，年长一岁，人老一年！只见身边的小孩一天一个样，一年一个样，眼看着就长大、长高了的模样，让人心生爱怜、喜不自禁。而自己，却没有渐长什么本事，只能搔首扶脑，感慨时间，望年兴叹！

如今过年很犯"愁"！平时不愁吃，不愁穿，穿的衣服胜过早年过新年穿的；平日吃的东西比早年过年还好！父辈们常说："你们赶上好时候了，吃不完的东西，动不动就想扔掉，天天生活在蜜罐里，身在福中不知福，这是因为你们没受过苦、没遭过罪，才浪费和作践粮食！"也是的，有时做饭只犯愁，只因不知道挑拣着吃什么好，过年也如此！这般状况，总觉得过个大年没什么新意，东走走，西拜拜，转到哪儿吃到哪儿，成了惯例，索然寡味，尤其是步入知天命之年的自己，更觉如此！

为何如此？追根溯源，倒觉得需要精神补钙！导致这一心态，一方面是好日子过惯了，满足了，早年的苦难岁月和艰苦朴素、勤俭持家、节约光荣、浪费可耻等老一辈留下来的光荣传统及诸多社会美德，在安逸和舒适中，不知不觉中给淡化和丢掉了！想起"成由勤俭败由奢"的典故，心里一揪，不禁一震，冒一身冷汗！所以，生活在现代社会的人们，过上好日子了，从根上不能忘党，更不能忘本！过节应崇尚节俭，也应常饮水思源，只有不忘勤劳勇敢的中国人民的优秀之根，才不至于感到生活没滋味，才能感受到生活甜如蜜、幸福万年长这个基本道理！

大红灯笼高高挂，欢天喜地过大年！高高挂起的大红灯笼，"总把新桃换旧符"的普天同庆，在人们相互贺岁、祝福声中，一个喜庆欢乐的新年，跟随着"雄鸡一唱天下白"的雄壮和闻鸡起舞等一些跟鸡有关的励志词语和吉祥语，必将迎来一个崭新的中国年，一个更具新气象的中国！

银猴已辞旧岁去，金鸡报晓呈祥来！丁酉鸡年，祝愿国人更加富足安康，祝愿我们的祖国更加繁荣昌盛！

2017 年 1 月 24 日

节日里的感动

节日里总被一些人和事感动。

首先被节日里坚守工作岗位的普通人感动。

正月初一，大人小孩穿新衣戴新帽时，精神抖擞，气象更新，装点了节日城市的亮丽，这些映入眼帘的身影很美。但在万家团圆和互祝新春快乐的温馨时刻，却早有环卫工人在凛冽的寒风中手拿扫帚，在一丝不苟地清扫大街；有清洁工在人流穿梭的商场认真打扫卫生间、洗手池；有医护人员在医院值班，守护着病人的健康；也有公安、武警和消防官兵在工作岗位上守卫着万家平安！他们舍小家为大家的高尚情怀和在平凡岗位上的艰辛付出，让我在节日里心生感动！我不禁想说：劳动最美，呵护人民生命财产安全最光荣！

节日里，我被央视举办的第二季《中国诗词大会》

感动。感动于中华诗词的源远流长、博大精深和盖世华章！心生佩服于诗词大会上来自上海复旦附中的 16 岁高中生武亦姝力挫群雄，"一战"成名为一届擂主！但在第九场上出现的河北邢台农民白茹云，尤其感动得我泪流满面：她与诗词最初结缘，是为了给 8 岁时脑子里长了瘤子的弟弟唱古诗，让弟弟不再使劲敲打头部，不再哭而安静下来。她自己身患淋巴瘤，为了省 24 块钱的车费，她放弃村里直达省城的大巴，早晨 5 点起床，辗转换 5 次车，上午 10 点才能到医院。即使这样，她还买了一本诗词鉴赏书，在住院一年多的时间里，把一本书看完。而且在诗词大会上从容淡定，把九道题全部答对，拿下了 285 分的高分时，也只是微微一笑！面对厄运，她如此坚强，不忘学习，让我心生震撼！

《中国诗词大会》还让我想起了内蒙古 65 岁的农民王海军，只读了 4 年书，为了维持生计，他摆摊修自行车贴补家用，但修车间隙也不忘对诗词的热爱，在三年里写下了一千多首诗！这两位迫于生活的无奈而远离书桌的农民，他们的生活始终充满着诗意，那种"千磨万击还坚韧，任尔东西南北风"的意志，更令我折服感动！他俩会成为我一生面对困难挫折时仍要坚持学习的楷模！

节日里的感动还不只如此！观看 2 月 8 日晚央视一

套播出的《感动中国 2016 年度人物》，十位感动中国人物中：功勋科学家、中科院院士、探月工程总设计师孙家栋，三闯火海救人英雄王锋，扎根乡村 36 年的最美山村教师支月英，壮烈牺牲的飞行员张超……十位英模人物，连同在里约奥运赛场上逆境拼搏，拼出实力，拼出实绩，时隔 12 年重夺奥运冠军激励亿万中国人的中国女排，在看过被誉为"中国年度精神史诗"的《感动中国 2016 年度人物》节目后，我怎能心如止水，波澜不惊，又怎能不心生感动！

节日里，还被传统的登门拜年情景感动。来的远乡本家人和亲戚们，见了婆婆后，按自己的辈分，嘴里一面叫着奶奶、大娘、妗子等不同称谓后，双膝先后弯曲跪下，手扶地、头触地给老人家磕头的一幕幕，让我对他们的孝心大为感动！从这般中国春节传统习俗的传承中，体现了他们的一片敬老之心！

节日里，其实也挺被自己感动的：在走亲访友、招待罢亲友的闲暇里，自己能抛却烦扰，坐在书房静下心来挤时间读自己喜欢的书；能连续十天准点坐到电视机前，手拿笔和本，跟随着节目主持人的提问进行听题、答题，是自己盲点的还要记下来，事后坚持百度或翻诗词书弥补不足；与此同时，有一期还拿手机摇一摇，参与了互动答题，从中体味了面对九宫格，在有一定诗词储备量、有干扰项和限时答题的情况下，出现的"乱花渐欲迷人眼"的急促和困惑，从中感受到了答题的乐趣，检验了自己的诗词功底，其间诗词水平也提高不少！

因为生活有诗意，因为诗意在远方，身为水做的女人，生活无处不感动，尽管有时带泪，有时带笑！

2017 年 2 月 14 日

一样的节日　不一样的思考

"燕草如碧丝，秦桑低绿枝。"

南方早已春暖花开时，古都安阳还处于春寒料峭中。当人们觉得春节的喜庆还意犹未尽时，农历正月十七日晚，我和其他局委的同事跟随区领导已奔赴"蓝天工程"所分包的责任村里。

屈指算来，离开乡镇工作已 10 年。乡镇经历，结聚着浓厚的情怀，也使我魂牵梦萦。因为在这里，实现了我从一个普通干部到科级干部的蜕变！10 年里，农村发生了翻天覆地的变化：昔日的座座平房，几乎已全部变成了二层楼房；村内过去的"水泥路"，变成了真正意义上的平坦的水泥路；村里人从衣着到乘坐的交通工具等都有了巨大改观！

再次有机会在街头巷尾和农民聊天，倾听他们的心声，也再次感受到农民朋友的纯朴、善良，也重新感受到了农村基层干部的豁达、粗狂、责任和担当！对于土生土长和多年在农村工作的我来说，好似找到了所扎的根和一个原生态的自我。接了地气，感觉无比踏实，工作起来也神清气爽、劲头十足！每次在去村的路上，途经光明路和文明大道交叉路口，看到诸多在寒风中等零活的农民工时，也感知到了他们谋生的不易。身为国家公职人员，认识到自己和这个群体的人相比所拥有的幸福指数，更加督促自己要勤奋敬业，多做工作。尤其作为党群系统中的一员，每当看到最基层群众的艰辛时，就能深刻领会党中央和省、市各级对群团工作改革中所提到的"去贵族化、去机关化、去娱乐化"的重大意义所在。只有深入基层、贴近群众才能掌握实情，酌情施策才能有所作为，更好地服务好人民群众的所思、所急、所需、所盼，工作中也才会有所建树！

驻村一周后，由于工作增加了"城中村"改造的内容，自己有机会了解到在推进农村城镇化进程中，为使人民群众过上更为文明、富裕的生活，各级党委、政府所付出的艰辛和不懈努力以及勇于负责、敢于为民担当的高尚情怀！了解和思考到在这场巨大的甚至可以说是历史性巨变的过程中农民群众的不舍和期盼：他们不舍的是祖祖辈辈留传下来的乡土和宅子；他们亟待关注的是养老、医疗、子女入学等一系列具体问题；他们希望在城市化进程中，能够在老有所医、老有所养等方面有根本的保障！走近他们，才深深理解和体会到他们将来入住现代化的城市社区后无法寄托和找寻乡愁的痛楚！

年年岁岁花相似，岁岁年年人不同。又是三八妇女节，以往的节日，有逛街购物的喜悦和与朋友相聚的开心，幸福得像花一样。今年的节日，因"城改"工作的需要，我注定在分包的村子里度过。从农村走出来的自己，十分理解村民们的故土难离，面对他们搬迁时流着泪的那种对家无法割舍的情感和搬迁后再难寻觅乡愁的酸楚，自己跟他们一样心里很痛。这是城市化进程中的阵痛，无法回避！但面向未来，更为他们有胜过祖辈的幸运、能有机会入住现代化的城市社区而高兴和祈福！

一样的节日，由于所处的时间、环境不同，在节日里也就有了不同的感悟和思考，思想深处也就会有不一样的积淀和收获。

2017 年 3 月 8 日

幸福莫忘边防人

7月30日上午，看过庆祝中国人民解放军建军九十周年大阅兵直播，在深切感受到国威、军威和人民军队的强大之后，朋友圈里出现了这样的语言：哪有那么多的岁月静好，只不过是有人替你负重前行。

我们在幸福和谐、安宁中生活的时候，当一些人抱怨工资低收入少或其他待遇不公时，可曾想到我们现在的这一切是因为有多少边防人舍小家、顾大家在守卫着祖国的和平和安宁，默默地做出了奉献和牺牲；他们不图名利，我们甚至连他们姓谁名谁都不知道。

新疆之行，收获颇丰。不来此地，感受不到"幅员辽阔""地广人稀"这些词的丰富内涵，只能是停留在表层的理解。不到吐鲁番，吃不到最甜的哈密瓜和有生以来最甜的西瓜；到了火焰山景区，地表达80摄氏度的温度，才知道什么叫"炙烤"和"煮熟"了；到了乌伦古湖，当湛蓝的湖水呈现在眼前时，真想跳下去，融入湖中。面对如此的纯净、湛蓝和水天一色，才深知什么叫天赐仙湖……这一切，足以真正印证一句话：新疆是个好地方。

新疆的景好，人更好！那些长年生活在大漠、戈壁的不畏狂风、干旱等恶劣自然条件的新疆人民更是可敬可叹，尤其是在祖国边陲阿勒泰地区的边境线上，有个"夫妻"哨所——只有马军武、张正慧夫妻俩的哨所，更加让人肃然起敬，心升无限敬意。在这渺无人烟的中哈边境线上，只有一个哨所、一个界碑、一条界河、一座大山和一望无际的戈壁沙漠，他们夫妻克服了野兽威胁、蚊虫叮咬，孩子没人管，平时只能吃煮土豆、炒土豆、烤土豆，还有诸多常人难以想象的生活困难，在这里已坚守了26个春秋。2014年习总书记两次接见马军武、张正慧夫妇，对他们夫妇守卫祖国边防的精神给予了高度赞扬。在这26年里，马军武巡边里程达到29.2万公里，磨破了270多双胶鞋，穿破了40多套迷彩服，记录了27本边境值班日志，创造了20多年来从未发生一起违反边境政策事件和涉外事件的记录。

除此之外，还有祖孙三代组成的185团，他们拿起锄头是农民，扛起枪就能守卫祖国的边境线！

生活在幸福、安定的大后方，我们怎能不对他们心生敬意，又怎能不对他们的无私付出而心生感动。

吃水不忘挖井人，幸福生活一定不能忘记为祖国和人民戍守边陲的新时代最可爱的边防人！

2017 年 7 月 6 日

多彩多姿五彩滩

世人皆知上有天堂、下有苏杭；桂林山水甲天下；黄山归来不看山，九寨归来不看水……这些话语极言风景极致。

直到有一天到了新疆的五彩滩，我才觉得应加上新疆归来不看滩。

在有"五彩滩"标识字样的提示下，我和随行人一起从大门进入景区。在左手方向有木制的小路通向常胜桥。向前走十多米路，是转运山。据导游介绍，如果在离开勋石的外边捡上一块喜欢的石头绕其正转三圈，那么人就会时来运转走红运。当然，这是一种戏说，可尽管如此，一车的人纷纷从众，转了三圈。

从正门直行，便是五彩滩观景台。站在观景台，并没有我想象的五彩出现，看到的是静静匍匐在河滩的略带颜色的石头。但要仔细看，能找出好几种颜色：黄的、白的、灰白渐变等色彩。尽管如此，并没引起我多大兴趣。

拾级前行，是云龙滩。若站在观景台俯视左侧，就像有数条巨龙排列成行，随时准备一跃跳过额尔齐斯河。据导游介绍说，一河两岸景：额尔齐斯河左岸是形态各异、色彩纷呈的彩滩，而在河的对面，胡杨林却像是守望河的卫士，威严地站在那里。

紫色滩名副其实。块块滩石如紫色的织锦，装点着河滩的美丽。它又像披上了紫色纱巾的美少女，羞涩无语，沉静美丽。

最爱两滩之间位于右手方向的岩石，它的背影似连绵起伏的山峦，又似正在给弟子传经释禅的高僧。其次是在返回途中题有"雅丹地形"字样的一段，滩岩有的似火焰山，有的似万佛沟，且佛像层层叠叠。提示词上说：雅丹地形，请勿踩踏，越是这样，越想试试，看到底能否踩碎，但最终还是被自己的文明理念制止了。

不知不觉，已到了导游规定的集合时间。出景区大门，左侧墙上题写有毛泽东诗词里的"风景这边独好"的字样，这句话同时也道出了我游历此地后的心声。

2017 年 7 月 7 日

亦梦亦幻老君山

早在正月就有约定，兄妹几个结伴去登老君山。可由于一直在驻村，所以未能成行。近日的一个周末，驻村回来的我终于如愿，与姐姐、妹妹、三弟、爱人一行五人，自驾到了洛阳老君山，并入住山脚下的农家。

晚饭后，走过路对面，来到老君山山下广场。灯光下，一尊巨大的老子铜像伫立在眼前。老子骑在青牛背上，左手食指朝天，右手握经书，喻示传经布道，厚德载福。相传，老君山是老子骑青牛归隐之地。据说，老子归隐于洛阳景室山，即现在的老君山。

次日早上，天空下起了大雨，致使我们犹豫了一阵子，有点想放弃登山，但票已买好，按照行程安排，只能如期前行。把车停在了广场，行程十多分钟，坐索道去往中天门，隔窗向外看，白茫茫一片，一切都躲在雾中。下了索道，冷风嗖嗖，由于衣服单薄，个个有点冷得发抖。恰好在索道口的左侧，有租冲锋衣的，便每人租了件红色带绒里的衣服，穿上以后暖和了许多。行走几分钟，到了中天门广场，陡立的台阶呈现在眼前。轻便起见，把租的衣服系在了行李双肩包上。经过20多分钟的攀登，步入了台阶相对少且有缓冲的路段。撑着雨伞前行，雨水顺着伞，把行李包上系着的冲锋衣都淋湿了。此时的旅游鞋已湿透，膝盖以下的裤腿已贴在腿上。在哗哗的雨声和景点播放着葫芦丝演奏的《彩云追月》《牧羊曲》等乐曲声中，不知不觉在一座亭子前停了下来。是因为亭子两侧石柱上的对联，很吸引来往行人的眼球。右联是"没有比脚更长的路"，左联是"没有比人更高的峰"，横批是"无为"二字。深思此对联还真蕴含哲理——人无论走多远，无论走到哪里，那路程是个定数，也是过去式，只要两脚存在，行走天下，路就在脚下，永远是个变量！曾记得央视做了一则广告，广告词就是"山高人为峰"，和对联中的左联意思极为相近。世上再高的山，哪怕是珠穆朗玛峰，人类征服它而登上峰顶，山顶托起的是人，而踩在脚下的是山。对"老庄"思想的了解，只是有些皮毛，对无为而治多少有些理解，但此副对联，用"无为"作横批，不知是何意，不知出处在哪儿？总觉得似乎有些不搭调。

风雨兼程，行走到了十里画廊拐角处，风呼呼地刮。我十分小心地紧靠岩石，慢慢前行。抬眼一望，前面的行人一个个撑着雨伞，走在栈道上，成了伞形队伍，倒另有一番景致。此时的雨水呈波纹状顺着石板下流。回眸一望时，栈道悬挂在万丈悬崖壁上，心里有些发怵。到景区是要看景色的，所以尽管风雨大作，还是颤悠悠地走到栈道边，抓紧扶栏，向下观望。此时的老君山仍被大雾覆盖着，还是浓雾的世界。雾像贴在眼前，白茫茫的一片，除了雾什么也看不见。忽的一阵风刮来，此时栈道的大雾像白雾仙子一样，飘来飘去，像在做游戏似的；紧接着大雾又变成厚重的一团，又像是涌来的千军万马，在追赶着前面飘起的雾团。刹那间，呼的一声，还没反应过来，就见云开雾散，眼前突然呈现出一座很清晰的山峰，形状像一面旗帜，山上的松树像站着队似的排列着，整齐有序。刚刚看了才几分钟，席卷而来的浓雾又把它掩盖，像突然蒸发掉似的，什么也看不到了。

到了老君庙，尽管在风雨中，仍然有老子的尊崇者，手擎高香在向他心中的圣人敬拜，但我却看他老人家笑而不语。我想，要不是下雨天，古朴凝重的大殿前，一定是人烟如织，香火炽盛，前来拜谒圣人的道教信众，恐怕应是人挤人，连站在老子像前都是很困难的事吧。

从左侧拾级而上，经道德府，到了顶端的观宝台。下台阶返程时，海市蜃楼的场景出现了。一阵风刮过，雾突然间散去，对面出现了一座金碧辉煌的楼阁。由于山对着山，无法抵达，所以楼阁的名字无从知晓。

用三个小时，攀走在秦岭余脉八百里伏牛山中，且登上了海拔2217米的主峰上，也深深地鞠躬表达了对圣人的敬仰之情。沿途还看到了长江流域和黄河流域的分水岭，尽管没能充分欣赏老君山的崇山峻岭之貌和苍翠欲滴的景致，但它像极了蒙纱盖头的梦幻少女。从另一个层面说，也是收获满满。下山时，突然想起苏东坡的"竹杖芒鞋轻胜马，谁怕？一蓑烟雨任平生"和"回首向来萧瑟处，归去，也无风雨也无晴"这些诗句。想必老君山之行有词中一些相同的意境，也特想靠近词人那种经历风雨后的旷达和心境。

2017 年 9 月 16 日

醉美太行大峡谷

秋天的林州太行大峡谷是迷人的，它像铆足了劲，攒足了所有魔力似的，吸引着四面八方的游客。

自大峡谷和王相岩的路上，林林总总、鳞次栉比的农家院像散落在峡谷中的生态画廊，异彩纷呈。从洛阳、郑州、焦作等地来的大巴一辆接着一辆，向王相岩周边的农家院涌来。一批批在校艺术生，下车后提起行囊入住这里。有些早来的学生吃过午饭后，在迎风猎猎的红旗昭示下，从蜿蜒的小路进入山中，到鲁班壑的农家院写生。

此时农家的石墩旁、家门口，有的学生坐一小板凳，已支起画架、拿起画笔，在涂抹丹青。鲁班壑山脚下的山涧里、山涧弯，到处散落着写生的年轻学子。

在途中，大峡谷的水涧两旁，三人一组、五人一排，连成了一道绘画的风景线。太行大峡谷层层叠翠迷人，更迷人和令人动心，并让人停下匆忙脚步观看这一美丽风景线的是眼前写生的这些学生们。我下车坐在一块大石头上，凝视着粼粼波光，听着潺潺流水声，掩面沉思：或许将来有一天，这里能诞生出像郑板桥、齐白石那样的画坛巨匠！

秋风吹拂，凉风习习，峡谷两旁伟岸的山上，苍翠欲滴的树木，站在那里一动也不动，静静地注视着眼前的这一切，像站岗放哨的士兵在严阵以待，生怕写生的学生和游客受到侵犯，一刻也不敢懈怠。

人成景中画，人在画中游。人和山、水、石自然地融为一体，这是一幅和谐的太行美景图。

许是秋天感动了太行，也或许太行景色感染了秋天，才使太行大峡谷产生如此魅力，吸引着众多的丹青妙手前来，使人乐不思蜀，流连忘返。觉得只在周末徜徉其中是瞬间即逝，欣赏和沉浸其中不够尽兴。

山一程、水一程，总有返回那一程。带着种种遐思和少许的遗憾，在山路十八弯的太行山路中绕行。驱车返程，山风吹拂，许多美景似在向我们挥手再见。

2017 年 9 月 24 日

今宵月比去年圆

　　一个偶然的机会，唐代诗人白居易《东城桂三首》中"遥知天上桂花孤，试问嫦娥更要无？月宫幸有闲田地，何不中央种两株"的书法作品进入我的视线。在感慨书法魅力的同时，突然想起伟人毛泽东的一句词来："寂寞嫦娥舒广袖。"想必嫦娥在广寒宫与玉兔结伴相随，只知向人间播撒清辉，成就万家团圆，而忘记了自己的疲劳。当万籁俱寂、夜深人静，回到自己的住处时，才深感孤独。但联想起整首词，又觉得有些断章取义。加上"万里长空且为忠魂舞"，这才是完整的、伟人想要表达的对杨开慧烈士的无限深情和崇高敬意的主旨。

　　"人有悲欢离合，月有阴晴圆缺，此事古难全。"月缺月圆正印证了世间的悲欢离合。"纤云弄巧，飞星传恨，银汉迢迢暗度。"牛郎、织女，唯七夕才有"金风玉露一相逢，便胜却人间无数"这一刻。一年只一天的团圆日，"忍顾鹊桥归路"，怎能不倍加珍惜！于是，感动了千万鸟雀，喜搭彩虹桥，让他们得以相见。"无言独上西楼，月如钩，寂寞梧桐深院锁清秋"中，一弯如钩的冷月把词人的亡国之苦衬托得淋漓尽致。而宋代词人李清照的"云中谁寄锦书来，雁字回时，月满西楼"，借皎洁的明月表述了对丈夫的相思之情。月圆月缺，藏匿了人们的无数悲欢。

生活在现代社会的人们，享受着和平、安宁、幸福和甜蜜，但这是无数可爱的人在边陲舍小家、顾大家才给我们赢得的福祉，多年前一首十分流行的《十五的月亮》就是最好的阐释！

早年每逢中秋佳节，母亲都会用蒸的糖饼，还有苹果、石榴、梨等供奉月神，以祈求平安、团圆。当有一天母亲突然离我们远去时，对她的思念陡增成了中秋月缺的悲凉。不思量，自难忘，是刻骨铭心的伤痛。本想着喜迎"双节"不该提这一伤心的话题，但有一句话叫"每逢佳节倍思亲"，相信众人也能够理解。

时代的发展令古人和今人的生活方式大相径庭。杜甫的"露从今夜白，月是故乡明"，王健的"今夜月明人尽望，不知秋思落谁家"，古代诗人以借景抒情，借望秋月或中秋赏月这一习惯，巧妙含蓄地把离别、思人的情绪都表现了出来。而现代人则不同，要么是囿于学识，要么是个性的张扬，忘记了或是不谙以诗言情、以诗言志的表达方式，有的只是"我爱你""爱死你了"这种最直白的表达方式，很少会用托物言志、借景思人这种方式来表达自己的爱与哀愁，对生活的浪漫和戏剧性大打了折扣。毋庸置疑，这需要增加知识的积淀，提升个人素养和品味了。

本想着今年的国庆、中秋"双节"去长白山，或更远的地方游玩，在异乡有个诗情画意的中秋，可朋友的儿子要结婚，并有事相托，咋办？"月是故乡明"，只有欣赏最明、最亲、最圆、最可爱的家乡月明了！尤其是朋友家多了一位漂亮且有学问的儿媳，心中的喜悦和激动自不必言表，他们眼中的月亮一定是今宵更比去年圆了。

话又说回来，只要心中有轮圆月，那激荡人心而又令人遐思万端的月亮时时刻刻皆圆满，因为圆月明亮、高洁，本身就预示和象征着美好。

"海上生明月，天涯共此时。""双节"将至，所有中华儿女都期盼中秋月明、月圆、人团圆，渴望家庭平安、幸福，祈祷国运昌盛，中华腾飞！这才是中国传统节日所蕴含的无穷魅力和精神实质之所在。

2017 年 9 月 29 日

今又重阳

　　"遥知兄弟登高处，遍插茱萸少一人。"这是诗人重阳节登高所抒发出的真实情怀！

　　登高望远，思古怀今，借景抒情，在秋日的大山里尽情挥洒自己的喜怒哀乐，何不乐哉？"尘世难逢开口笑"，但也需人们在百忙当中"偷得浮生半日闲"，到大自然中愉悦身心，缓解生活和工作压力，去探寻"曲径通幽处，禅房花木深。山光悦鸟性，潭影空人心"的妙境。世事纷扰，需平凡人自己去拨云见日，洞察生活中属于自己的欢乐天空。

　　辛勤工作和劳作了大半生的老年人也应如此。老年人退休回归家庭，也需老有所为，老有所乐。整天宅在家里，儿孙绕膝，享受天伦之乐，是一种颐养天年的生活方式，无可厚非，但也要有走出家门，融入社会，参与社会的实践。我市近年举行的"最美老人"评选，从中选出的"爱心老人""才艺老人"等就是这方面最好的例子。像退休老人秦振德，是安阳工学院退休的副教授，今年已77岁，还担任社区艺术团合唱队的指挥，义务教社区居民唱歌，从而赢得广泛认同；他还于2011年秋，经过层层考核，加入中国文字博物馆志愿者服务团，成为该馆年纪最大的志愿者，向八方来客做义务讲解。像这样老有所为的例子不胜枚举，给退休在家的老年人做出了很好的榜样。

"老吾老以及人之老，幼吾幼以及人之幼。"尊老爱幼，是中华民族的传统美德。重阳将至，再提这个话题，很有必要！关爱老人，一方面是良好社会风气的体现，另一方面也是每个人自身素质的折射！关爱老人，可从自己的家人开始，也可从乘坐公交车搀扶老年人上车、给身边的老人让座等一些生活小事做起。

岁岁重阳，今又重阳。愿每位老年人都能老有所为、老有所乐，愿每位老年人都能感受到全社会尊老爱老的浓厚氛围，开心过好每一天。

2017 年 10 月 31 日

冬游岳家寨

冬日的一个周末，有朋友打电话说想结伴去山西岳家寨，并介绍此村是个古村落，村民全是宋代岳飞的后代。

一说到南宋抗金名将岳飞，提起精神来了。本来想天这么冷，蜗居在家有暖气，不冷不热的多舒坦，何必外出找罪受冷。可是，在古村落和岳飞名字的感召下，我欣然决定跟朋友一块去趟山西。

汽车行驶近一个小时，在山西平顺县石城镇向村民问路，她说向南再走10多里就到岳家寨了。汽车在蜿蜒盘旋的山间公路上颠簸，映入眼帘的是满目的山峦，层层的梯田，偶尔有一棵结满了红柿子的树一晃而过，由于树叶掉得精光，整棵树像挂满了红灯笼！我想，这算是大山馈赠给我们一行人的特殊礼物吧。

　　车继续行驶，万山俱寂。路过一个不知名的村子时，偶尔才能碰到一两个在行走的村民。在即将转弯的地方，一位老农挑着两个水桶，腰背呈弓形，很吃力地沿着山坡前行。看到此景，我想到了老家村子里的那口深水井，水井前经常排满了挑着水桶取水的邻居们；想到了寒冬腊月由于水溢出水桶结的冰，从而令挑水的人们不得不小心翼翼行走的模样。

　　在群山之间狭窄的公路上，陡然一个山洞呈现在眼前。驶出黑乎乎的山洞后，只见蜿蜒曲折的山间公路层层叠叠，像挂在山上，就好似辉县万仙山的壁挂公路。从车上往下看，公路又像是九曲十八弯的一条河。

　　终于到达目的地。刚到山寨口，"岳家寨"三个大字便在一个门楼上赫然显现。交过十元钱的环境保护费后，我们把汽车停在了山脚下稍微平坦的地方准备徒步。一下车，寒冷的天气迫使我立刻把冲锋衣拉链拉好，帽子和手套戴好，可惜拿的还是夏天的防晒手套，冻得我只喊冷啊冷。

　　行走在山里，呼吸着清新的空气，眼前不时有成对的喜鹊停在路边的石头上休憩，好像在窃窃私语。空中偶尔也有孤独的大雁在飞翔，并发出"嘎嘎"的悲叫声。我想可能是成群结队的大雁南飞时这只大雁掉队了，也或许是它恋家，想独自留下来看护家园。边走边想，一棵只剩下金色梨子的树呈现在我们眼前。"好漂亮啊，怎么这会儿了树上还有梨子呀？"我高兴地喊道。在这人迹罕至的山坡上，猛然看到这般金灿灿的梨树，顿时心生惊喜！

从寨门通往寨内的路程约有两公里。刚到寨内，迎面就看到一个皮肤黝黑，上身穿紫色鸭绒袄，下身穿黑色裤子，脚穿一双枣红色且边上缀有黄毛毛棉鞋的中年妇女。她热情地向我们一行人招呼到："快中午了，吃饭吗？俺这有饸饹面，很好吃的，十元钱管饱！"我们回答说："不急，再往里走走，一会儿说吃饭的事。"

走过一段"S"形的山路，向左手方向隔着山壑抬眼望去，即看到一座座的民宅，它们依山势高低而建，且错落有致。清一色的两层小楼均由大小不一的石头块砌成，由于是土黄色，显得古色古香，让人好像回到了久远的年代。走进寨子近距离一看，做根基的石头较大，窗棂都是木制的。窗户格有的最下一层是三格，占据窗户上面空间的是由左右两侧各三格、中间是两格的部分组成。而绝大多数窗户是左右两开扇，最下层是三格，整个窗户共九格。窗户的开口有的是在房屋的山墙上，有的是开在门口的左右两侧。有的窗户两侧是白水泥墙，而大多数两侧是裸露的石头墙面。数了数参差有序的两层小楼，上下共有五排，建筑样式像极了印象当中重庆的洪崖洞民俗风情馆。所不同的是洪崖洞红灯高挂，夜间霓虹闪烁、灯火通明，而这是深山，就不会有那番景致了。在这深山凹里，有幸看到这样的民居，超出预期，我连说今天要是不来，真是要留下天大的遗憾了！

背着行囊，沿石阶行走在寨子里，碰到三个农妇正在聊天，我走近她们打听村里的情况，其中一个上了年纪的大娘告诉我：这个寨子有三十八户人家，一百多号人。寨子有好几百年的历史了，除了一两户小姓人家外，全是岳飞的后代。

走进寨内站在高处俯视，房顶所用的全是片片石板，在阳光的照射下明晃晃的，像鱼的鳞片，由此联想到"甲光向日金鳞开"的诗句。看着一个个房顶，让人有点眼花缭乱。

沿石阶而下快到路边时，在一个古院落的中央，有三个石磙静静地躺在三个大石磨上，左侧的墙上有用红漆写成的"好事多磨"的字样，让行者看来别有一番情趣，也使我找寻到了寄托乡愁的印迹。

来到岳家寨看岳飞庙是在车上就商量好了的。已近下午一点，开车的朋友显得有些疲惫，不愿再去，但经不起同行人的劝说，只好答应一同前往。前行的途中，在蜿蜒的山路右侧，到处都是干枯了的花椒树，它们均是一袭黑衣，向四周伸展着光秃秃的枝杈。彰显村里人勤劳能干的是山上层层的梯田，整整齐齐的田块边界全是用大小不一的石头块垒成的。在与岳飞庙相隔的山沟及山坡上，到处是这样的梯田。我仔细数了数，像这样的梯田最多的足足有十九阶梯。同行的一位朋友说，在山区像这样的梯田有小流域治理项目，符合条件的，政府还要扶持。我特别想让寨子里农户的梯田都能享受到这样的惠农政策。

岳飞的爱国情怀令人敬仰，但呈现在眼前的岳飞庙，却跟来时想象的不一样：在不大的庙内，除了一座气宇轩昂的岳飞塑像外，并没有其他能让人驻足观看的内容。庙门前右侧有块石碑，上面刻着当地人义捐十万元钱用来修岳飞庙的情况，这足见他在人们心中的分量。

返程路上，除了印在脑海里岳家寨的景色，撞击我心扉的就是岳飞《满江红》中"三十功名尘与土，八千里路云和月""壮志饥餐胡虏肉，笑谈渴饮匈奴血"这样气壮山河的词句。

2017 年 11 月 20 日

大雪闲谈

　　由于没有收到周二当天的报纸，只好一改往日看纸质版的习惯，打开电脑，找到了我一如既往关注的《安阳日报》第7版。《大雪，我在小城等你》《一场雪还远》《盼雪心得》等一篇篇美文纳入我的视线。今天怎么了，是什么日子，咋近乎满版都是跟雪有关的文章？我忙翻看台历，哟，12月7号是二十四节气中的"大雪"！

　　大雪节气，让人马上联想到飘飘洒洒、纷纷扬扬的漫天大雪。可是近年天公不知怎么了，就像忘了季节变换似的，该下雨时不见雨，该下雪的时节又不见雪，难怪让人心生遗憾！"白雪却嫌春色晚，故穿庭树作飞花"的句子中，我觉得应改为"春色却嫌白雪晚"更为准确。因为寒冬该是大雪有作为的季节，而它却消极怠工、不尽责，致使人们怨声载道，颇有微词。就连护城河边的绿柳也心生哀怨，失去了往日的生机。柳树叶一个个耷拉着脑袋，更有悲观者失去了等待的耐心，直接扑向大地，但不见雨雪的踪迹，已成干叶的自己只好让匆匆行人把自己踩的粉身碎骨！"零落成尘碾作泥，只有香如故"这样境遇也难以实现了！

自从 2014 年 2 月写过《等你那么久》这篇有关盼雪的文章后，记忆当中真的没再见过一场像样的雪了，更别说体味"北风卷地白草折，胡天八月即飞雪"的滋味了！若这样想，简直就是痴人说梦、异想天开。雪，成了东北、西北、新疆等地的专利。

我想苍穹是不是结冰被凝固了，否则为何大雪不能播撒大地呢？伟人毛泽东对雪也是有深厚感情的，他有那么多与雪有关的词句！《沁园春·雪》中"北国风光，千里冰封，万里雪飘""山舞银蛇，原驰蜡象"这些词句是何等的气势磅礴，气壮山河！而我们无法遇到那样的实景，因为现实里我们根本见不到雪。

季节的变换就似转眼的工夫，那上天为何不能努力下场大雪呢？人们渴盼的大雪若再不降临大地，那伟人《卜算子·咏梅》中"风雨送春归，飞雪迎春到，已是悬崖百丈冰，犹有花枝俏"境界的找寻不就更是难于上青天了？

    但不论怎样，我想天公应该懂得怜悯它的苍生黎民，心软一点，心暖一点，痛快淋漓地下场雪，这对它来说算得了什么呢？

    大地干燥，禾苗需要，人们干渴的喉咙也更为亟盼！"我爱你，塞北的雪，飘飘洒洒漫天遍野……"我愿在《我爱你，塞北的雪》的歌声中渴盼着雪的到来；更渴望"忽如一夜春风来，千树万树梨花开"的人间奇迹尽快出现，那样就能够双脚走在洁白的世界里，留下或深或浅的印迹；或手捧雪团，走出城外，走向田间，奔向原野，那该多么富有诗情画意呀！

2017 年 12 月 12 日

撷取生活的精彩

打理完手头的工作后，已到了下班时间。随手翻开微信朋友圈浏览，有朋友转发《新华每日电讯》上的一则内容："小寒：晚来天欲雪，能饮一杯无？"我目光停驻，并由此引发了无限联想。古人那么会生活，邀朋友喝酒都写得那么充满诗情画意。

不知从何时起，对唐代大诗人白居易的《问刘十九》："绿蚁新醅酒，红泥小火炉。晚来天欲雪，能饮一杯无？"背得滚瓜烂熟，尤其是对这首诗中色彩鲜明的"红""绿"二字更是十分喜爱，且对诗中透露出的朋友间浓浓的情谊甚为崇尚和感动。

飞速发展的现代社会，使人们的工作和生活节奏加快，并时时处在超负荷的运转当中，人们像快速转动的马达一样很难一下子停下来。为了生存、工作，为了自己心仪的事业，疲于奔命，而疏忽和淡忘了亲情、友情、师生情、战友情等。

真的很羡慕古代文人墨客那种有品位和充满诗意的生活方式：过重阳节思念亲人了，就能写出"遥知兄弟登高处，遍插茱萸少一人"这样的诗句来；送别朋友，"故人西辞黄鹤楼，烟花三月下扬州。孤帆远影碧空尽，唯见长江天际流"这样一首意境开阔、色彩明快的送别诗就能横空出世！

有时候想：人不能只成为工作和挣钱的机器，而应该借鉴一下古人的生活方式，放慢生活节奏，多撷取一些生活的精彩，留存一份生活的诗意。星期天或节假日应抽时间多陪伴一下自己的父母和家人，有条件的还可在生活的间隙约上三五个朋友走出家门或一起去登山，远离城市的喧嚣和浮躁，呼吸一下新鲜的空气；也或聊天、品茶，心情好了也可以叫上几个投缘的朋友小酌几杯，哪怕朋友因故不能如期赴约，体会一把"有约不来过夜半，闲敲棋子落灯花"的意境也是不错的选择。

想到这儿，又看了下微信上的"小寒"二字。时光匆匆，让人在对时间既感慨又无奈的同时，意识到人活在世上绝不能浑浑噩噩，虚掷光阴，而是要有所作为。习近平总书记在新年贺词中都讲到"天道酬勤"，那么，我们每一个凡夫俗子就应做到脚踏实地干工作，"必须不驰于空想，不骛于虚声"，应用实实在在的成绩说话，这样才无愧于时间，无愧于自己，无愧于社会！

"晚来天欲雪，能饮一杯无？"建议人们在忙碌的同时，也要松弛有度，妥善处理好工作和生活的关系，兼顾好亲情、友情和自己内心最真实的感情，多撷取生活精彩的瞬间，有诗意、有情意、有尊严地过好每一天，让生活的美酒更加醇厚甘甜！

2018 年 1 月 19 日

春风春雨女人花

好不容易祈盼来一场大雪与之相拥。陶醉在它的洁白、晶莹里，欣赏且吟诵着写雪的极品；兴趣空前地熟读强记着十首咏梅的诗词佳作，沉醉在"闻道梅花坼晓风，雪堆遍满四山中。何方可化身千亿，一树梅花一放翁"的幻化和唯美意境中，还没来得及更多回味，猝不及防，春天已伴着春风的微笑降临身边。

春天的温软，春风的和煦，这一切足以令人感到前所未有的轻松和舒畅！以至于人们刚还在兴奋地忙碌着准备年货，转眼间春节已过。在暖暖的节日气氛里，尽管有些不舍得节日时光溜走，但元宵节又接踵而至。

春风化雨送吉祥。在喜庆的节日间隙，一场春雨适时而至，注视着春雨飘飘洒洒与大地热情相拥，北宋秦观"春路雨添花，花动一山春色"的词句旋即浮上脑际。

"春雨贵如油"，致使人们出门上班时，虽然下着小雨，但都不忍心撑出雨伞，生怕雨水被浪费了似的！

时如白驹过隙。不觉间，三月这个最能代表春天的季节也已悄然而至。三月，阳光明媚，万物吐翠，一派生机盎然，怎能不令人心旷神怡、欣喜无比！

三月是花的季节。有人说女人如花：二十岁的女人是茉莉花，清新美丽；三十岁的女人是玫瑰花，娇艳欲滴；四十岁的女人是百合花，典雅芬芳。也有的人说：二十岁的女人像桃花，鲜艳；三十岁的女人像玫瑰，迷人；四十岁的女人像牡丹，大气；五十岁的女人像兰花，淡定；六十岁的女人像棉花，温暖。但不论哪种说法，都足以显现出女人的美丽、高贵和社会对女性的尊崇。

女人是美丽、幸运的：因为生命中五十年的时间，有幸被众多花用来形容、象征！

女人又是幸福的：因为从被人们称作"女人十八一枝花"开始，便从此绽放出生命的芳华！而在不同的年龄、不同的阶段又都有不同的颜色、不同的姿容，且芬芳四溢。尽管为了家庭的幸福和事业打拼，女人也会很辛苦！

女人天生喜欢洁白和幻想，有时幻想着自己能变成一朵飘飘洒洒的小雪花，在空中摇曳，洒落漫山遍野，觉得那样才富有诗情画意！

女人喜欢亭亭玉立出淤泥而不染的荷花，甚至诗意地幻想着也能像易安居士那样有"误入藕花深处，争渡、争渡，惊起一滩鸥鹭"的奇遇出现。

女人也喜欢生长在海拔五千米以上，美丽而不娇艳，柔弱但不失挺拔，被藏族人民视为爱与吉祥、使高原不寂寞的格桑花；同时向往有朝一日能亲眼看见在大漠边陲耐干旱、耐盐碱、抗风沙，且有着"千年不死的生命，千年不倒的毅力，千年不腐的意志"，又被称为"大漠英雄树"的胡杨花开。

女人有时也会在浩如烟海的唐诗宋词里，去刻意寻找那些用来描写与花有关的词句：不论桃花、梨花、荷花、菊花、梅花……只要跟花有关，便多了一份对此诗词的喜爱之情。尽管喜欢着"大漠孤烟直，长河落日圆"的雄浑壮美；也为"枯藤老树昏鸦，小桥流水人家，古道西风瘦马，夕阳西下，断肠人在天涯"这样的词悲伤着。

有花的日子是具有诗情画意的，而在满园春色、万紫千红的春天里，人们更是幸福的！

春天里的三月，百花争妍，成了花的季节。女人如花，每个人都是百花园中最鲜艳、最靓丽的那朵！愿天下所有的女人永远都能像花一样美丽、幸福着，并要永远珍惜和铭记住三月：因为在这个美丽的季节里，有我们女人自己美丽的节日。

世上有朵美丽的花儿，那定属女人花！

2018 年 3 月 9 日

在春天里，有没有沉默是金的植物

早晨上班，当一步跨上护城河边的台阶时，一丛月季便映入眼帘。月季花一朵朵簇拥着，粉红的笑颜中涂抹了些洁白，娇艳欲滴，像极了无数张粉嫩的少女的笑脸。由于月季的枝干并不高大，"千朵万朵压枝低"的景象更适宜于用作对它的形容和描写。

朝前行走，鲜红的石榴花朵，不甘寂寞地在微风中绽放、摇曳，好似要把它的热情传递给每一个行人。石榴树红的花，绿的叶，相互映衬，也很是诱人。

随意抬头一望，一棵高大的树上，开满了嫩白色的小花。这倒令我惊诧不已。因为此树开的花有点与众不同。行走间，柳絮轻轻飘浮，也有的已匍匐在地面。看到盛开的月季花、石榴花及空中的飞絮，便联想到"草树知春不久归，百般红紫斗芳菲。杨花榆荚无才思，惟解漫天作雪飞"的诗句。

在心花怒放的同时，也夹杂些许的黯然神伤。但不论怎样，行走在护域河边觉得已似步入花的世界了，幸福至极。

空中飘浮的令人恼的柳絮，中午二十八九摄氏度的高温，预示着"谢却海棠飞尽絮，困人天气日初长"的初夏已经来临。

看着衣柜里的冬装，盯着它旁边挂着的春装，季节的变化，温度的陡增又让我急速地翻出夏季的裙装。

"一片花飞减却春，风飘万点正愁人。"花开花落，雁来雁去，时序更替之快，让人来不及思考和踌躇。

突发奇想，在"百般红紫斗芳菲"的季节，有没有一种有着超强定力的植物，始终能够处变不惊，岿然不动，在笑看云淡风轻而又波澜不惊呢？若有，它位居何处，该不会像寻找桃花源那样艰难吧？

2018 年 5 月 8 日

追寻诗意的远方

——我和《人民日报》

　　若把"焦炭"二字放在人们面前，大多会想到把它放到高炉里熊熊燃烧的样子，也会想到手拿铁锹一锹一锹地往炉内添加焦炭的师傅的形象：头戴帽盔、脖子上搭一条白毛巾，挥汗如雨却又不分清是汗水还是泪水的样子。在他的辛苦劳作下，炭的利用价值会被发挥到极致。

　　人们大概不会想到，"焦炭"二字曾是多年前我父亲给《人民日报》投稿时用过的笔名。早年听母亲多次讲，师范学校毕业的父亲，才华横溢，以"焦炭"为笔名投的稿子被《人民日报》采用。只可惜的是，年幼不记事，不知道刨根问底地问下母亲，文章的题目是啥？

　　为人师表的父亲，按族里排辈的字序给我起名"文学"。好大一个名字，起初街坊邻居都笑话说，给一个女孩家起了一个男孩子的名字，但他们终归不知道被打成"右派"的父亲的心结。"反右派"期间，教高中的父亲因画了一幅漫画而被批斗，哪儿还敢拿起笔写文章再向报纸上投稿！事隔多年长大成人之后，我猜想父亲对子女的期许：从我这儿开始，他希望有子女能拿笔写文章，并能像他那样向国家级的大报进发。

当自己的散文、诗歌在本地报纸上一篇篇变为铅字，当每天阅读《人民日报》，尤其读到《人民日报》副刊时，自己也有了向大报投稿的念头。在投稿时，曾费尽思量，父亲的笔名为"焦炭"，作为他的女儿，一定要血脉相承，那么叫"炭素"呢，还是叫"炭子"呢？思来想去，几个意象当中的名字都不满意，最终还是未敲定，用真名字投稿，为此甚是纠结了一阵子。

粗略推算，父亲向《人民日报》投稿应是在20世纪五六十年代，二十多岁就能在国家级报刊发表文章。而今已步入知天命之年的我，最高水平也就是在《河南日报》上发过自己的文章。只恨自己志大才疏，用"文学"二字作名字，实属惭愧，因为，自己只是徒有虚名。

从年幼到现在，空有一腔热情，而文才却相形见绌。何时能在《人民日报》副刊上见到自己的文章，成了我追求的最大目标。

　　品读着已刊登的文章，寻找着自己的不足，在孜孜以求的路上，每每尽力提升着自己的写作水平。我坚信，只要心中有梦，通过认真学习，刻苦写作，终有一天会达到理想的彼岸！一则是圆好自己的写作梦，二则也告慰父亲的在天之灵。

2018 年 6 月 21 日

槐花飘香思故乡

清早去上班的路上，一阵轻风拂过，眼前便飘落一地槐花。目睹洁白的槐花，便撩拨起我对故乡庙会的记忆和怀念。

每到槐花飘香的时节，故乡的庙会便接踵而至。春天里特别盼望过庙会，因为在庙会到来之前，母亲就开始着手准备了：浸泡好黑豆、绿豆、黄豆，然后把它们分别盛放在大小不同的瓷盆里，盖上用水浸湿的笼布和用高粱秆制的盖子，定时用清水冲滤，赶到正庙会那天，嫩生生，黄灿灿，还有带着黑豆皮没完全挣脱包裹的黑豆芽便成盆整齐地摆放在那儿，加工后会成为凉拌菜和烩菜的一分子。

盼着过庙会还因为这一天是我幼年时认为亲人大团聚、亲情大释放的一天。两个舅舅、妗子，两个姑姑、姑夫，他们都会穿着干净整齐的新衣服挎着篮子来走亲戚。至今，大舅舅说话慢条斯理；高个子二舅面带笑容，温和风趣；喜欢穿蓝色偏襟上衣的大姑姑和蔼可亲；模样俊秀，且有一双水汪汪大眼睛、梳短头发的干练的二姑，他们的形象一个个回到当年的情景，浮现在我的眼前。岁月如斯，已逝去的他们不知在天国里是否安好？

庙会那天，爹娘忙得像打仗一样地招待着亲朋好友，我和兄弟姐妹有幸少上一节课，抢起书包一口气兴冲冲地跑回这个温暖的家！中午吃着味道爽口的凉拌菜，再吃上一碗皮渣肉菜，一种幸福感油然而生。怀念那时庙会上花的每一分钱！父母给的为数不多的一毛钱，会精打细算、掰开花，且在庙会上能买很多好吃的：一分钱一匙的咸黄豆，两分钱一个的焦米球，买一小段甘蔗尝尝甜，一点点菱角、荸荠尝尝鲜，解解馋。

物资紧缺的时代一去不复返。但如今面对林林总总的物品时，却有一些麻木和习以为常，真的应验了一句话：拥有的不会太珍惜。参加工作以后又去逛过一次庙会，庙会上的商品，明显有了时代气息：服装很时尚，卖的玩具也有了电子产品，吃的东西带的包装已很有现代的商业感。

再过两天就是家乡的庙会了。但周边六七个村共同拥有的庙会已称不上庙会，这是因为庙会旧址所在的村庄随着城市化的进程已被拆迁，在原址上取而代之的是幢幢拔地而起的高楼大厦！庙会当天，一吃过午饭便从四面八方奔涌向庙会的热闹景象将不复存在！

　　文人墨客有的赏春、探春、惜春、伤春，有的赞美盛夏，有的悲秋，有的在冬天里吟雪赏梅，我却独独忆起并悲伤着家乡的庙会，因为那个承载着幼时欢乐的地方从此消逝了，不可再现，也永远无法复制了！

　　"春未老，风细柳斜斜。试上超然台上看，半壕春水一城花。烟雨暗千家。"词人登上超然台，眺望春色烟雨，触动深深的乡思。而我此时在居住的高楼上朝着家乡的方向眺望，高楼大厦矗立，故乡的庙会已消失在岁月的风尘里，成为一段历史，亦将成为我尘封的记忆。

2019 年 5 月 12 日

我向往的地方

　　人人都有自己向往的地方，而我现在最向往的地方是祖国的西北边陲——西藏自治区。

　　我游览过祖国的不少风景名胜，两次登临泰山之巅，尽管都无缘看到泰山日出。看过黄山奇松和被一代伟人毛泽东称为无限风光在险峰的仙人洞，到过武夷山，看过大红袍的产地，并有幸踏上了被称为音乐之岛的鼓浪屿，去过风吹草低见牛羊的草原……

　　按常理说，自己很是幸运了，但还心存遗憾，这就是多年来想去而未能成行的西藏自治区。

　　"是谁带来远古的呼唤，是谁留下千年的期盼。"这首《青藏高原》流行之时，我就对西藏有了一种憧憬之感：高耸入云的喜马拉雅山，它的巍峨和覆盖着它的千年冰雪，是否像常人说的和电视画面上所显现的那样洁白？雅鲁藏布江是淙淙流淌还是湍流不息？雄伟的布达拉宫是否还庄严肃穆，在静静期待着那些匍匐前行，且一步一叩首的虔诚的信徒的到来和朝拜？青稞酒、酥油茶是否还那样香甜？藏羚羊是否还在高原上奔跑？被高原紫外线晒得黝黑的藏牧民过得是否更加幸福？到了西藏热情的藏民是否也能给我献上洁白的哈达？西藏之行，成了我多年的夙愿。

若有机会，哪怕是经历一路颠簸，哪怕是要承受高原反应的痛苦，哪怕历经千辛万苦，我也要克服，也一定要跟亲人和朋友一起去令我最向往的地方——西藏！

2019 年 7 月 16 日

立秋

今日立秋。早在南宋，作为中兴四大诗人之一的范成大以"三伏熏蒸四大愁，暑中方信此生浮。岁华过半休惆怅，且对西风贺立秋"的诗句抒发立秋到来时的心情。终于熬过了高温、酷暑、潮湿、闷热，动辄一身汗，汗珠满脸往下淌的盛夏。

我的盛夏是在即使清晨但依然汗流浃背的练拳中度过，在下班后晚上伴随音乐有节奏的两馆广场健走的汗水中度过，在晚上学习新广场舞《最美的情缘》中度过，在顶着高温和烈日曝晒深入分包贫困户的家中察实情、送温暖的工作中度过……

岁月不居，时光如流。战胜了一个个高温天气，挥洒了无数滴汗水之后，秋天不期而至。我深知秋的辽阔高远，深知它的凉风送爽，知晓它的金色和五谷丰登及硕果满园。在有丹桂飘香的时刻，也会有千里共婵娟的皎皎明月。玉兔金蟾在天宫中嬉闹，在万家团圆，赏月品尝月饼时，凡人俗子便会同祝家庭平安，国家昌盛。在秋季，国庆、中秋像是极其亲密的伙伴，手拉着手，接踵而至。共和国母亲历经沧桑，饱受磨难，曾受尽外来列强的凌辱，她那有志气、有血性的中华儿女，几经抗争，砸碎了祖国母亲身上的枷锁，使她获得解放，迎来了新生！祖国母亲虽历经坎坷，却无比坚韧，但她最终还是向全世界绽放了笑容！因为她有许多令她骄傲和自豪的内容！70岁也还年轻，她还要赢得百年的辉煌和笑声，据此，祖国母亲会变得更加从容和波澜不惊！

时光是这样匆匆！在冬天人们期盼春天，在大好春光里习惯了花色满园，自在惬意和满面春风，当然，更多的是不负春光，苦干加油拼搏，奋斗幸福，为了祖国的繁荣昌盛！夏季转瞬已逝，可我们已为丰收播撒了足够多的心血和汗水，到了秋天我们绝对是信心满满，收获绝不会落空！

既然时光就这样匆匆，那就让我们在大好秋天里从容不迫，仰望澄天长空，感受云淡风轻！且看晴空一鹤排云上，便引无限诗情！同时又要淡定安宁，要站稳脚步，用好全身功力，抒写秋的丰硕、喜庆和繁荣！

2019 年 8 月 23 日

车轮滚滚永向前

"我和我的祖国一刻也不能分割，无论我走到哪里，都流出一首赞歌，我歌唱每一座高山，我歌唱每一条河……"家是最小国，国是最大家，没有强大的祖国，哪里有我这个农村娃的美好今天！没有党领导的改革开放政策，哪有我今天的衣舍锦华？四轮汽车伴我勇闯天涯，到处看祖国翻天覆地的变化和她版图上的锦绣河山及美丽图画。没有党的十一届三中全会，哪有黄窝头变白馍馍的变化！要想细数我跟着祖国的变化，实需捋捋思路，仔细盘点……

忆往昔，我的祖辈住的是土坯房。到了父亲成家之后，才住上了外墙是砖，内芯是土坯，外面再加上白石灰、黄土及麦秸搅拌到一起和成泥而披成墙面的房子。在我的记忆当中，墙上的麦秸发黄，且非常清晰。时间久了，白色的泥掉下来后，里面的黄坯和缝隙就赫然显现。早年听母亲说：1963 年发大水，姐姐刚出生时连续几天下大暴雨，把家里的土坑给泡得快塌了，母亲抱起姐姐就往外跑，冒着暴雨一口气跑到西邻居二奶奶家。她刚出里屋就听到坑塌的声音，想起当时的情景就害怕！1998 年，当四个弟弟全部住上五间新房时，作为家中长子的大哥把几十年的老房子拆掉，翻盖成坐南朝北的五间新房。如今哥哥和四个弟弟都住上了楼房。

我在刚记事时，总会看到爷爷手拿赶大马车的竹竿马鞭，每次都是满面春风地回家，他留在我记忆里的始终是笑容，尽管当时的生活条件十分艰苦。七八岁时，父亲叫上才十多岁的哥哥拉着排子车到远在几十公里外的岗子窑煤矿去买煤，煤是买回来了，但他们的脸上已积满了灰尘。联产承包责任制后，我和哥哥姐姐一个人拉一辆装得满得不能再满的草木肥往自家的责任田里去送，以待养肥地力，来年有个好收成。要知道，当时的自己也才有十三四岁，家里就要当成人用，干体力活儿了，穷人家的孩子早当家。

当我调到本县偏远的乡镇工作时，家里已从畜力和人力拉车换成了机动三轮车，既省时又省力，装卸也非常方便。每当金黄的麦子经收割机变成麦粒，被家人直接装入布袋又满满地装上机动三轮车回家时，丰收的喜悦早已写在了他们脸上！

如今，兄弟姊妹们已有五人有了自己的家庭、小轿车，姐姐家已有了两辆！逢上五一、中秋、国庆等节假日，又恰逢有时间，家人们会自驾到周边城市游玩，去玩上几天，一方面凝聚了亲情，另一方面也游览了祖国的大好河山，同时也放松了身心，节后会以更饱满的精神状态投入工作和生活。我和先生还经常带着老人自驾游。早在几年前的重阳节，先生和我自驾到黄河游览区，陪婆婆游览黄河风景区，写的文章《带着婆婆看黄河》刊登在《安阳日报》第 7 版副刊，同事和朋友们看到此文后，赞美不止。

"我的针线活儿这么好，生了两个闺女一个比一个笨拙，一个做的针线活儿不能让人看，一个是上学上傻了，连针儿都拿不起来，长大了连个婆家恐怕都难找上，就是找上了嫁到人家光剩挨骂了。"年少时，母亲一直都为我和姐姐不会做针线活儿而担心不已。幸运的是我们赶上了改革开放的好时代，不会做，可以到市场上买，只要手里有多余的钱，做不来的衣服和鞋子到市场上都会买到。再也不会为自己没有姐姐织布的速度快和不会做针线活儿而担心了。参加工作生活条件有了改变后，也再不用担心就那一件衣服洗来洗去，有时衣服不干，穿着湿点的衣服就往学校赶那样的情况发生了。自己也会主动省吃俭用，把节余下来的工资交给母亲给弟弟妹妹买衣服和鞋子。结婚那年，尽管家里不富裕，母亲还是倾尽所有，让我要比上村里条件好的闺女的嫁妆，单衣服、棉衣服、粗布单、洋布单、暖瓶、脸盆等足足包了八个大红布包！当时非常流行织锦缎棉袄，自己也非常想买一件，知道自己家拮据，也没敢跟母亲吭声，看到心事重重的我，母亲轻声问了句："妮，还缺啥?"我说："在乡政府上班的几个女孩，她们结婚时都买了织锦缎棉袄。"说过此话，自己没有抱太大的希望，但同时又多么想拥有一件。母亲听过我说的话后，面带难色，沉思片刻却一脸坚定地说："娘在家再作难，也要给你买上一件!"一会儿，不知她从哪儿筹来了钱，一把拉住我的手，把钱放到我手心里："去吧闺女，到城里的百货大楼买一件回来，给我高高兴兴的!"如今三十多年过去了，想起这件事来，我既幸福又惭愧，幸福的是我拥有如此博大的母爱！父亲英年早逝，她一个人含辛茹苦地把我们兄妹八人拉扯大。惭愧的是，当时的自己那么虚荣，攀比心理作怪使自己对母亲的艰辛那么漠视，尤其是为人妻、为人母后，这种自责心更为强烈，从而也更加怀念拥有母爱的日子。

上高中时，自己住校，每天可以吃白面馒头，可母亲和姐姐、弟弟、妹妹在家都只能吃黄窝窝头。每到周末，父亲骑着自行车带我回家，晚上可以喝上几碗香喷喷的面条汤，这也是全家不可多得的改善伙食的机会。临星期一早上往学校走，全家还可以吃上母亲烙得很香的、酥得掉渣的葱油饼。所以，弟弟妹妹们特渴盼过星期天。

时光荏苒，转瞬到了 1978 年的十一届三中全会，中国大地焕发了无限生机，中国农民迎来了生命的春天！实行联产承包责任制后的第一个麦收，看着收到家里堆得像山一样的一袋袋麦子，母亲哭了，因为她在黄土地上刨了大半辈子，自己家里从没有过这么多的麦子！从此，白馍馍代替了黄窝头，一天三顿白面食，母亲再也不用为看到空面缸发愁了，再也不用在青黄不接时东借西借的了。在家里粮食最紧缺时，我永生不会忘记村西头四芳大爷背了一道街给送来的一袋红高粱面。有一次，家里七八张嘴等米下锅，而面缸空空，难做无米之炊的母亲愁得坐在门槛上大哭。每当吃不完的饭要倒掉时，母亲总会严厉地批评我们："才吃饱饭几天，就忘了饥饿的时候了？真是吃饱了撑的，你们饿得还轻，吃了不浪费，倒掉了就是天大的作孽！"

现在想起来，我在市五中上学时姐姐步行十多里路，背一个布兜到学校给我送的由一半白面和一半黄面两掺蒸起来的馒头最香。母亲常说："现在我们这一代人过到天台上了，吃穿不愁，想啥有啥，楼上楼下电灯电话，上着班国家给开着工资，有啥理由不好好工作、不给国家多做贡献！"更幸运的是有机会考入乡政府工作，拿上了国家俸禄，经党组织的培养，我这个农民子弟又步入科级岗位，怎能不忠心地感谢党，感谢这个伟大的时代！

"我爱你中国，我爱你中国，我爱你春天蓬勃的秧苗，我爱你秋天金黄的硕果……"我的进步和幸福生活，离不开强大的祖国，在祖国母亲70华诞到来之际，我情不自禁地唱起这首歌。

大河奔流向东去，历史的车轮滚滚向前，天佑中华，伟大的祖国将越发强大蓬勃！

2019 年 9 月 3 日

愿做通往书山的攀登者

阳台上百合竹的枝头已吐出新蕊，我静待它并不惊艳人的花开。隔着薄如蝉翼的且镶有"万条垂下绿丝绦"的窗帘，向南眺望着好友居住的方向，思绪翻腾……

像多数人一样，春节期间宅在家里。有一天刚吃过晚饭，便带着一种期待的心情翻看微信朋友圈，看写的诗歌《我幸福，我生长在中国》有无朋友关注和点赞，还没等翻到自己所发的那条，好友一行行娟秀的、用钢笔抄写的王昌龄《送柴侍御》"流水通波连武冈，送君不觉有离伤，青山一道同云雨，明月何曾是两乡"的诗便映入我的眼帘！在中学时代，她写得一手好字是我所追寻的目标。看过微信后，我立即点赞，并留言道："向姐学习！"稍倾，好友回复过来："文学小妹，新年好！你是'吹灭读书灯，一身都是月'。"看到此句，我非常震撼，一方面是她的文学功底随着岁月的流逝并没有减退，另一方面她还像在中学时代那样出口成章——哪怕是借鉴古人的。最根本的，透过微信上她经常抄写的古诗可以看出，读书学习已成为她的一种生活方式，始终没有间断，反倒是我羞愧得无地自容了！况且这是在过春节！我有像她说的那样勤奋吗？曾经，自以为好读书学习的自己，也被手机控制，或者被电视控制，白天在单位忙活了一天，晚上便给自己找借口该放松和休息了。刷手机，看电视，读书时间几乎全被占用，在读书上也变得那么庸碌！之前在微信等媒体上了解到：世界上人均读书量最多的是以色列，人均读书量在 64 本；其次是日本，人均读书量为 40 本；法国人均读书量为 20 本……而中国 13 亿人口中，扣除教科书，平均每人一年读书一本都不到！当然这并非官方数字，也不十分精确，但仅此就足以令人震惊和深思了！

每次看到类似的消息，除了自责一阵子，之后在读书上并没有很大的起色，尽管业余抽空读书看报的时间也有，但并没有强迫自己去狠读！

毋庸置疑，《诗经》和唐诗、宋词、元曲，这些都是中华文化瑰宝，自己对它们的喜欢程度也不能否认。尤其是连续五季的中国诗词大会，更点燃了自己熟读和背诵古诗词的热情和梦想，甚至也有过在后半生冲上诗词大会的幻想！但一路走来，也都是三分钟热度，看中国诗词大会比赛那几天，熟读、狂背，大赛一落幕，自己也下课了，成了典型的三天打鱼两天晒网。这个现象，也印证着自己的读书习惯！且不说中华诗词对外国友人的影响之深，但仅从留言便知他们对中国古诗词的学习和热爱程度，他们的读书力和化用力足以够大家学习了。而我，对其中的诗句却不甚了解。

"书山有路勤为径，学海无涯苦作舟。"愿以此句自勉，以不负好友用"吹灭读书灯，一身都是月"的夸赞，向着"腹有诗书气自华"的目标迈进，做个有书香味的女人。

2020 年 5 月 30 日

天上人间七夕节

　　非常喜欢七夕这个传统节日，因为它被赋予了牛郎和织女美丽的爱情传说。千古传说，千古爱情，诞生了象征爱情、最具浪漫色彩的中国情人节——七夕节。七夕节又叫七巧节、七娘节、女儿节、乞巧节等。

　　幼年时，在七夕节的夜晚，我托着两腮，瞪着一双大眼睛，坐在小板凳上依偎在母亲身旁，跟兄弟姊妹一起听母亲讲牛郎和织女的神话故事。母亲手里摇着荷叶扇，抬头望着星空，好像自己也沉浸在牛郎织女的爱情故事里。我也会紧随母亲的视线，在浩瀚天空中寻找明亮的牵牛星和织女星。王母娘娘拔下头上的银钗使劲一划，牛郎织女间便有了一条银河，使两人终年不得相见，他们只能在农历七月初七这一天才得以相会。从此，王母娘娘狠心的形象在我心中扎了根。那时候，我总以为世事美好，可以听母亲把七夕的故事讲到永远，不承想，还有幸福离我而去的伤心时刻。

长大后，一提起七夕节，除了脱口而出的"天阶夜色凉如水，卧看牵牛织女星"等诗句，以及对上述幸福往事的回忆外，第一时间闪现在我脑海里的便是早年见过的一幅画：彩虹桥上，牛郎织女脸上带着幸福的笑容，相依相偎，好像世界从此宁静，只有他们的二人世界。牛郎头顶上挽着发髻，织女身着长裙，裙带随风飘起，无数的鸟儿从四面八方飞到彩虹桥，祝贺牛郎织女一年一度的相会。这样的画面一直深深地定格在我的脑海。

四十不惑时，酷爱古诗词的我，每逢七夕节，宋代秦观的《鹊桥仙》就令我顶礼膜拜："纤云弄巧，飞星传恨，银汉迢迢暗度。金风玉露一相逢，便胜却人间无数。柔情似水，佳期如梦，忍顾鹊桥归路。两情若是久长时，又岂在朝朝暮暮。"这样唯美的诗词，怎能不令我折腰！每逢写作词穷时，总给自己找理由：好字、好词都让古圣先贤用完了，好的语句都让先贤们写尽了，我笨拙、笔下无语，也就情有可原了。

小学课余之时，同学们在用钩针钩领边，用竹针织围脖、手套时，我只能干瞪眼；结婚后，给自己女儿织的毛衣由于领口太紧，任她再怎么龇牙咧嘴地使劲也穿不上，因此，我一直认为自己是笨手笨脚之人。直到偶然遇到唐代林杰的《乞巧》后才找到原因："家家乞巧望秋月，穿尽红丝几万条。"原来手笨是因为自己没有一边观赏秋月，一边对月穿针去乞巧啊。

由七夕节而跟牛郎织女结下的渊源还很深。成家后的自己，会为了在电影频道上看到的《天仙配》而泪奔，不停地用餐巾纸擦眼泪。刚进屋的丈夫以为发生了啥大事，朝电视机定睛一看，原来正播放着牛郎织女被王母娘娘逼得一个天上、一个地下难舍难分。丈夫大笑道："那是演戏，你竟能哭成这样？"在七夕这样的特定环境和时间里，一些感人肺腑的画面更容易重现。

"情定七夕""浪漫七夕"，这些优美的词语由七夕节而诞生。人们歌颂纯真而伟大的爱情，渴盼美好而温暖人间的爱情，但前提是夫妻间必须互相包容、彼此信任、默默地付出。在这个中国的情人节里，我想起了令人震撼的《上邪》："山无棱，江水为竭。冬雷震震，夏雨雪。天地合，乃敢与君绝。"这是何等的感天动地！中国婚姻里，夫妇双方如果有了这样的执着情怀，何愁婚姻生活不幸福呢？一定会把每天都过成情人节！

七夕节里话七夕，愿天上的牛郎织女鹊桥相会能成为永恒，愿每个家庭都能幸福美满！

七夕节，愿天上人间都幸福快乐！

2020 年 8 月 28 日

今冬第一场雪

"雪花飘飘，北风萧萧……"骑行到文化路口，一个刚下学与我擦肩而过的小男生随性地高声唱起歌曲《一剪梅》。时值中午，天上正下着雪，心中自是喜不自禁，想必小男生跟我是同感。因为天气预报说今天要下雪，到单位后隔着窗踮起脚，朝窗外看了好几次也没看到一点儿哪怕是零零星星的雪花。失望之余，便埋头工作不理此事了。

不承想，中午下班时，天空中的雪急匆匆地向着大地扑身下来，机关大院的地面已是湿漉漉的。饥肠辘辘的我骑上自行车直奔家的方向。走到文化路与文明大道交叉口时就听到那曾令我痴迷、由费玉清演唱的红极一时的《一剪梅》。

曾经，这首歌让我百听不厌，甚至陶醉和痴迷其中。

它能使我联想到很多美的意象：广阔的草原、无阻的风雨、冷冷的冰霜、傲雪的红梅、《红梅赞》歌曲……尤其喜欢听"天地一片苍茫，一剪寒梅傲立雪中，只为伊人飘香"这几句歌词。词的意境使我仿佛看到苍茫天地中，寒霜傲雪下一枝红梅傲立枝头的仙境画面。随即"峤南江浅红梅小""一夜红梅先老""笑捻红梅弹翠翘"等有关"红梅"的词文便在我脑中鱼贯而出。

或许是出生于冬季的缘故吧，从小对雪就有一种特别亲近的情感，越是天寒地冻越是疯着往外跑，哪怕手脸冻得通红。雪的到来，像极了我见到了久违的朋友，也丝毫不亚于在图书馆里千挑万选出来一本心仪的好书时那样美的心情！

没带雨具，那是觉得上天对咱生活的古都太吝啬！因为东边下、西边下、南边下、北边下，就唯独咱这儿不下雨或雪！曾经跟家人和朋友开玩笑地说："老天爷给咱这儿下场雨或雪，就好像下金条一样，太难啦！"

任凭雪花落在羽绒服上，每飘落一片雪花，它在我的衣服上便迅速融化，不一会儿，焦糖黄色的羽绒服上便湿成了一小片、一小片的。

下午冒雪来到单位，但下班时间，漫天的雪倏地不见了，我好生失落。它就像没打招呼就突然离开的一位亲人和朋友，让人心生留恋和遗憾！

世上一切美好的事物就是如此！当拥有时人们不懂得珍惜，失去时才倍感它的珍贵，今冬的第一场雪就这样与我不辞而别！

"一向年光有限身""不如怜取眼前人"。珍惜当下和眼前拥有的一切美好事物和应该珍重的人：好老师、好同学、好朋友、好同事、好领导，好书、好诗、好词、好风景等，所有这一切均应珍惜感恩。无论亲人、朋友还是已有的工作和生活，这一切都应珍惜，因为失去的永远不会再回来，甚至不会给人们以懊悔的机会！

期盼着下场大雪，好追寻一下雪中的诗意和远方。

2020 年 12 月 25 日

心中的百草园

又到了"春风吹柳柳丝黄""草长莺飞""可爱深红爱浅红"的如锦似绣季节。季节的飞转灵动使去年的一幕呈现在眼前。

那是放飞心灵的一个周末。一大早，太极拳老师带我们六人一同驱车来到洹水河畔的玉兰园。

进入园中，那曾给了我无数激动的朵朵相簇相拥、缀满枝头的紫玉兰；洁白无瑕的白玉兰；那似妙龄少女的粉嘟嘟嫩生生的粉玉兰，嫩黄色的黄玉兰，如今它们却都不见了踪影，是躲藏到了九霄云外？抑或在跟人们捉迷藏？但我更相信它们此刻正躲在郁郁葱葱的树木之后，在偷偷地发笑，因让想见它的人们不再那么轻而易举，所以正洋洋自得呢。

跟着老师和拳友们在园内转了几圈，大家惊呼空气清新、环境优美！而我却有一种既是欣喜又是失落的感觉：一方面，这里的清晨像是一个天然的森林氧吧，真的很适宜晨练；另一方面，虽是故地重游，但是不能重寻到上次玉兰花盛开时，满园游人如织、花团锦簇的盛况了。其实也是庸人自扰，百般红紫斗芳菲的季节已过，现在早已是"纷纷红紫已成尘，布谷声中夏令新"了。

走出玉兰园下台阶来到洹河的南岸，满眼的草坪像一张巨型的绿毡，走在弯弯曲曲的小路上，夏风吹得每个人的衣服都猎猎作响。由"猎猎"二字我在脑海里急速搜索相关的诗词，突然想起宋代释道潜《临平道中》中"风蒲猎猎弄轻柔，欲立蜻蜓不自由"的诗句。继续往前走，眼前的一泓清水里长满了碧绿的荷叶呢！"就这儿了，地方挺好的，打一套十一式。"正沉浸在诗情画意中的我突然听到老师的说话声。随着加长版太极音乐《女儿情》的播放，大家从起势开始，心无旁骛地练着一招一式。面向南站立，满眼绿色，河岸上的绿色植物像挂了一张巨大的绿色帘栊；转身向北，是悠悠洹河水，不时还可看到在惬意地游泳的人们。我居住的家园原来如此美，此时此刻的环境真的令人很沉醉！在练习懒扎衣的定式后，身边不远处的一株苦菜——小时候在家都叫它曲曲菜，无意中进入我的视线。惊喜的我接下来便满脑子都是它的身影。坏了，走神了，在做转身金刚捣对时，差一点就做成了收式。正在给大家录视频的老师肯定注意到了这一点，我的动作肯定影响了整体视觉效果！

休息时，正在自责的我站在铺着红色方砖的小路上。我的天呀，一株马尾巴草就在我脚旁，它上边毛茸茸的穗在风中得意地东摇西摆，但这些摇来摇去的小东西好似都很个性，因为每个穗摇摆的方向都不相同。它旁边还有曲曲菜、马齿菜、星星草、匍匐在地的浓密的牛筋草……简直就是早年记忆中田野里百草集结图的复制版，它们活生生地把我的乡愁记忆全部展现于眼前！

"此情可待成追忆，只是当时已惘然。"早年在农村老家时并没觉得地里的这些花花草草有多么美好和亲切。有人说：当人总陷入回忆时，那就是变老了！但即使这样，那些美好的记忆怎能从心底消失，抑或是被删除呢？譬如花开时节的玉兰园、童年时田野里的百草集结图。

2021 年 3 月 12 日

恰逢谷雨时　预盼农事丰

　　低头翻看桌上的台历，赫然映入眼帘的是"谷雨"两个红色的字。心中不免一惊：今天竟已是"谷雨"节气了，春天就要与人们挥手告别。有时想来，时光匆匆过，人的这一生，真的应该莫负少年、莫负大好春光。

　　像带着跟春天依依惜别的心情，走到阳台，坐到茶台旁读自己正在读的一本书。抬头望眼窗外，此时恰是悄无声息、春雨绵绵，心中不免一喜。人们都说最美人间四月天！四月里，群芳绽放，如火如荼、如诗如画，美得令人心醉，美到了极致。走在花前树下，令人流连忘返。就连眼前这四月的雨也是那样细腻、温润，即便是落在脸颊上也那么温柔、多情、缠绵。它娇滴滴、怯生生，生怕破坏了爱美人的妆容。倘若你不带伞在雨中漫步，抑或是慢跑，便能体味到个中滋味。

"品茶读书，观云听雨。"一直想探寻和品味朋友赠送女儿的书法作品中这一美妙意境，不承想坐在阳台上读书的我此刻却偶有一得：一杯茶，一本书，一盆竹，连同窗外的这一场丝丝春雨。

"春雨断桥人不度，小舟撑出柳阴来。"此时凝望窗外的绵绵细雨，思绪一下子就飞到了千里之外水乡江南的水坡池塘、杏花烟雨和杨柳堆烟。烟雨江南始终令我魂牵梦绕，思绪翻飞。此时的蘸水桃花，它的花瓣是否在烟雨蒙蒙中已飘落花溪，随之远远地流走了呢？

刚记得楼下那一排海棠树返青，不觉中，便成了那一粒粒用小小绿叶包裹着的玫红色的花蕾；继而它们渐次开放，海棠花有的先是变粉，有的变白，再到花朵逐渐变成雪白、粉红和粉白相间，直至成为由无数条花枝组成的一树玫红、一树雪白和整树的粉红。它们尽情地绽放着，用万分的热情装点着这个美丽迷人的春天。直到花瓣飘零满地，花褪残红后，柳絮飘飞时，人们才意识到暮春已至，夏之将至，更何况现在满眼已是淡黄浅碧，满目绿意了，真乃"一年弹指又春归"。

"谷雨"，有雨生百谷之意，是二十四节气的第六个节气，春季的最后一个节气。四时更替，四季之春在这时与初夏相接，很快我们又会听到嘶嘶的蝉鸣声，尽管人们对春天有那么多的留恋和不舍。

　　有关谷雨的民间谚语有很多，譬如：谷雨麦挑旗，立夏麦头齐；谷雨麦怀胎，立夏长胡须；谷雨种上红薯秧，一棵能收一大筐……这些民间谚语，均充分体现了我国劳动人民在长期的劳动实践中对农事的观察和经验总结，并对不违农时，且获得好收成有指导和借鉴意义。

　　"田家占气候，共说此年丰。"因祖上世代务农，自己打小生长在农村，也适时参加农业生产劳动，对谷雨节气也特别感念，所以文尾也就不吝笔墨，想借谷雨节气，预盼家乡农田风调雨顺，百谷顺畅，丰收在望！

2021 年 4 月 20 日

我和乡村有个约定

我和乡村有个约定，内心积淀着对它相思的深情。

一直想回伦掌看看，从媒体上了解到那里的变化很大。忘不了 1999 年刚到伦掌乡工作时，从乡政府到村里主要还是以鹅卵石为路基的、高低不平的道路，使坐在摩托车后座上的我貌似在坐轿，一不小心就有被摔下去的危险。要想回趟家，下午一过三点半，就连公交车也没有。更忘不了那次去村里突然间下起了大雨，从许炉村急需赶往李炉村，因没思想准备，一无雨鞋，二无雨具，所以只好临时救急，从村支书秋全家借了一把雨伞和一双男式胶鞋。当时风雨交加，雨伞被风刮得乱转，根本无法撑起，我索性把它收起。滂沱大雨顺着脸直往下流，眼睛几乎看不清前面的路。因从村里出来穿的是一双大好几号的男士胶鞋，加上泥泞不堪的道路，使鞋上沾满了泥，脚根本抬不动，更别说走路了。由于提前约定了跟李炉村党员干部开会的时间，我只好用手拎起沾满黄泥的胶鞋，赤脚走到李炉村大队部去开会，艰苦岁月不堪回首。

驱车故地重游。一下车，只看到村头地里麦穗飘香，水塘碧波荡漾，红白月季竞相绽放，村容村貌旧貌换新颜，使人眼前一亮。近二十年不见，街道变成宽阔平坦、洁净的水泥路。迎宾使者柏树、月季分列路旁，再也不是之前坑坑洼洼的"水泥路"。一排排农房像换了行装，精神饱满地迎接我们一行人的到来，一看住宅，就知道是村民们摆脱了过去的贫穷落后。

村南头的村民健身广场、白色的亭子和游廊，"村两委"的办公房，像梦幻似的展示在我的视野，镶嵌在我的心房。

拾阶而上进入村内民俗馆。古老的宅子里，梨树、槐树栽院落，绿树掩映下的老式门子，刻着精致雕花的拱券旧窗，发黄的老砖和旧房，似在向人们诉说着世事的沧桑巨变。南屋门匾"厚和"说明房屋主人崇尚厚德载物的家风。进入北屋内，一眼看到的是早年在家学手工活儿曾用的纺花车、线拐子、织布机。两把褐红色的茶壶让我想起过去的农忙五月，人们把熬好的米汤盛在壶里，往坡地里送饭的情景。旧方桌上放着的红色暖瓶也找回我许多早年的记忆。东厢房内展示的平面烙饼铁鏊子，上面还放着小擀面杖，令我想起早年用麦秸烧火烙饼时家乡的袅袅炊烟。

这一切都最好地佐证了村头墙上的那句话："走进焦坟，记住乡愁。"据史料记载，焦家坟村已有400多年的历史，此村真是一个找寻和留住乡愁的好地方。

民俗馆旁边宽阔的广场，是拓展训练基地。在民俗馆对面一户人家，还看到了几十个并列排序的精制的手工石磨，据说是每个来参加拓展训练的小朋友都要亲手学会磨制豆腐，并亲自品尝，以体味劳动果实的来之不易。宽阔整齐的街道两旁，偶尔还能看到路边停放的私家小轿车。不时能看见坐在街门台上说笑的老者，一派怡然自得的景象。这些都是过去不曾有的新鲜元素。

驱车驶向下一站，路两旁的麦田一晃而过。"到许炉了。"好友对我说。只见眼前是一块风景石，上面刻有"和谐广场"的红色大字。广场南边是乡村大戏台，周围种满了红花绿树。好友提示我到学校看看，我印象当中的砖瓦学校早已被眼前拔地而起的二层教学楼替代。

也很牵挂下乡驻村时的工作阵地。当我抬头仰望两层办公楼时，眼睛不禁有点湿润，"村两委"开会，再也不是搬几个破凳子、搬几块硬石头坐下的艰苦岁月了。村室内的图书柜装满了农业科技、小说等各种书籍。楼上清一色的深红色办公桌椅，还有放满了许多先进牌匾的荣誉展示台。激动之下，我让随行的朋友在"为党旗争辉，做时代先锋"的红色宣传墙前拍照留念。

走进大五里涧村，沿途看到的是光伏产业。往村内走，有一群男孩在篮球场上运球，抢球，投篮，眼羡他们生活在了美好幸福的时代……

跟同行的朋友说："平时血压不高，看到二十年前曾经工作战斗过的地方如此翻天覆地的变化，心情激动得血压直想往上升。"

借助乡村振兴的东风，再过二十年，很难想象出这里的发展变化该好成什么样？再过二十年，我一定再来看看我脚下这片深情的土地，一定会再来看看这些乡村的美丽嬗变！

我和乡村有了一个新的约定。

2021 年 5 月 27 日

唯美诗词话端午

夏天的风，吹着榴花的红。万紫千红已归去，唯有榴花最鲜红。有人说五月是榴花的季节，但它又因端午而与众不同。吃粽子、赛舟龙、插艾叶、五彩线、雄黄酒，这些都构成了端午节的重要元素，只是"百里不同风，千里不同俗"而已。端午在家吃粽子，是很平常的事。但龙舟赛的活动也只能从电视屏幕上一饱眼福，很羡慕江南的端午。

中华民族有自己的传统节日，端午节便是传统的节日之一。同时，中国人有自己的核心价值观和精神高地，在所有核心价值观中，爱国是极其重要的一个方面，这种情怀给予人们无限的精神动能。

千古至今，爱国情怀绵延流淌，生生不息，且至高无上。"屈子当年赋楚骚，手中握有杀人刀。艾萧太盛椒兰少，一跃冲向万里涛。"这是日前学习诗词时偶然浏览到一代伟人毛泽东在 1961 年写的《七绝·屈原》。短短几句，把伟大的爱国主义诗人屈原的才华及所处的黑暗污浊、奸佞当道的社会现实，乃至在悲愤绝望中投汨罗江而死进行了精妙和巧妙地艺术性表达。一方面感佩于伟人的诗词功力；另一方面，爱国诗人屈原也再次走进我的视线。恰逢端午将至，把诵读古诗词作为一种生活习惯的我，试图从唐诗、宋词中去探寻文人墨客在端午节这一天对屈子和节日是如何表达的。

唐诗宋词作为中华文化的瑰宝，绚丽并灿烂着，其中有关端午节的诗词也不胜枚举。通览这些诗词，描写端午龙舟赛场面的当属唐代卢肇的《及第后江宁观竞渡寄袁州刺史成应元》为上乘："石溪久住思端午，馆驿楼前看发机。鼙鼓动时雷隐隐，兽头凌处雪微微。冲波突出人齐唉，跃浪争先鸟退飞。向道是龙刚不信，果然夺得金标归。"诗中将龙舟赛上那种鼓声阵阵、万人使劲助喊、船上的人拼命划桨及多船竞发的动人场面描写得栩栩如生。

古人对端午节的抒发和描写，因人而异，因心境而别。"五月榴花妖艳烘，绿杨带雨垂垂重。五色新丝缠角棕，金盘送。生绡画扇盘双凤。"宋代欧阳修的这首《渔家傲·五月榴花妖艳烘》，把在五月盛夏、绿柳成荫又恰逢雨时开得红艳似火的石榴花和人们用五彩新丝线包裹粽角的端午场景，通过多种色彩描绘得甚为美妙。

犹记得"彩线轻缠红玉臂，小符斜挂绿云鬟。佳人相见一千年"的词句。作为唐宋八大家之一的苏轼，妙笔一书，把妇女欢度端午节的风俗和心愿描写得惟妙惟肖。当然，也有病愈后，希望有个好天气，过个惬意端午的期盼者。譬如范成大《如梦令》中"休雨，休雨，明日榴花端午"即是如此。

端午节其实让人一想起心里就沉甸甸的。我对唐代诗人文秀的七言绝句《端午》"节分端午自谁言，万古传闻为屈原。堪笑楚江空渺渺，不能洗得直臣冤"，宋代陈与义的《临江仙·高咏楚词酬午日》"高咏楚词酬午日，天涯节序匆匆。榴花不似舞裙红。无人知此意，歌罢满帘风。　　万事一身伤老矣，戎葵凝笑墙东。酒杯深浅去年同。试浇桥下水，今夕到湘中"尤为欣赏。前者是诗人对黑暗社会的抨击和对屈原蒙冤而死的义愤填膺及强烈愤慨；后者道出了词人对国家前途命运的担忧和不为人知的心理上的悲凉，以及对屈原深深的凭吊之情。

历史的悲剧不会重演，因我们幸福地生活在政治清明的和平时代。但屈原出淤泥而不染、"众人皆醉我独醒"的高洁和自醒以及他炽热的爱国情怀将会令人永世纪念，并发扬光大。

唯美诗词话端午，而爱国也应作为节日的深刻内涵。

2021 年 6 月 8 日

晨景

由青石板铺就的弯弯曲曲的小路，路边还精细地铺有大小不同、形状各异的小鹅卵石。小路上不时有白腹、黑脊、蓝翅的喜鹊停留，它双腿细细的，头颈向前一伸一伸的，悠闲地在路上走着，偶尔也在草坪上驻足俯视，且还东张西望，甚是可爱。树枝上它的同伴喳喳地叫着，似在呼喊它赶快归队。

绿柳环绕着小路，它们的身上都穿了白色的裙子，裙子镶着红边；四季青被修剪得均是圆形，在高大的树荫下，阳光透过缝隙才能洒在它们身上。池塘里的水褶皱起波纹，片片荷叶很自然地组成圆形。三组圆形图平行向前，其中第一个圆形荷叶的西南角有一朵怯生生的白色莲花，而它前面的荷叶图上则有四朵莲花分别立在荷叶的四个角上。在最前边的圆叶则不顾同伴径自跑到了前面，伸手就抓住了弯弯曲曲的水廊。我抬头一望，在由四个黄色柱子拱起的呈三角形组成的亭子中央，竟赫然有"荷美亭"三个金色行书。

我坐在池边石块上专注于描写我心中的美景时，一条重三四斤的鲤鱼游到了池边，张着嘴游走得很轻盈，嘴也似在向我说话。它的出现着实让我吃惊不小，因为我知道水里有鱼，但竟不知道有如此之大。

脚边的稗子草，迎风摇曳的小槐树、小枣树都在清晨的微风中伸展着四肢似在晨练。

众多形状各异的石头环绕着地面，而这些石头大都以青草和冬青为伴。一丛丛芦苇隔岸观望，因它们有自己的领地，均是在大池塘旁边的小池塘内，这三个小池塘分别要通过一座木制的，且有黑黄相间栏杆的小桥才能来到大池塘边，桥头还有一个双目圆睁、俯卧着的石狗在看护。

鸟声啁啾，此起彼伏，偶尔听来又像人的口哨声。池水蜿蜒曲折，一路有绿荷相伴，芦苇似护卫，在看护着一切。悠闲地走到池水幽深处，突然联想起宋代李清照的"误入藕花深处。争渡、争渡，惊起一滩鸥鹭"的意境。

五六只喜鹊从此树飞到彼树，循环往复着。其中两只在树的上下枝杈停息，一起深情地注视着静静的池水。池中布满了小草，它们的叶子似柳叶，却比柳叶妩媚，因为叶子多出了许多条纹，且像绣在上面似的。一些想下池洗脸的柳叶也全浸在了水面上，同时也有四片绿荷叶挣脱了母胎，擅自游到芦苇身边说话去了。那一片绿荷，油绿锃亮，一片片叶子紧紧相依，两朵并蒂莲嫩黄的蕊让人不忍心看，生怕把它看老了。由绿柳俯视，橡皮树看护，两侧的芦苇站岗，别看水池旁有一个猛虎似的大石块在回望，池中的红色小鱼们照样在自在地游弋。

晨练放松心情后看到的景色美不胜收。

2021 年 6 月 23 日

又见湘西

十多年前，带着激动和向往的心情，揣摩着宋祖英《等你来》中的美妙意境，澎湃着青春的热情，乘车开启了湘西的旅程。

经过长途跋涉和一路颠簸，在车上隐约听师傅跟同事说已进入湖南湘西。沿途绿荫蔽日，很远的距离都不见村庄和人影，好似到了原始森林。

待到旭日初升，神奇美丽的张家界已展现在眼前。清新的空气，穿林透过的阳光，高大茂密的树林，座座青山，鸟语花香，这众多的山中元素均在以极大的热情欢迎我们一行人的到来。畅游金鞭溪，听溪流潺潺，看鱼翔浅底，看浅溪中鹅卵花石，看猴子在树上飞跃蹦跳。据导游说这是杨洁导演拍摄《西游记》的主要取景地。除还记得金鞭溪的美丽传说外，苗家的吊脚楼还是那样清晰地留在记忆深处。

距 2004 年 5 月 1 日第一次到张家界已近二十年，今年五一前夕，又有幸和家人前来。一下火车，一个崭新的张家界市呈现在眼前。当地旅行社的同志接我上车去旅馆的途中，林立的商铺、鳞次栉比的高楼大厦、现代化的旅行酒店映入眼帘，宽阔的道路被绿化得也更加亮丽。道路上汽车川流不息，还有立体高架，一副现代化大都市的景象。这哪里还是我记忆中的张家界？

随着行程的安排，多年不见的张家界重新伸开双臂，热情地欢迎我们的到来。再次踏进富有神秘传说色彩的金鞭溪，金鞭岩猪八戒背媳妇、西天取经、千里相会的"夫妻岩"，母子相依的"母子峰"……所有这些，我唯独崇尚有人间烟火味的"夫妻岩"和"母子峰"。随景听着导游讲解，多年前忘却的关于这些景点的讲解记忆又重新找回。

站在天门山广场，仰望天门山，与之第一时间的相关链接是诗仙李白的"天门中断楚江开，碧水东流至此回。两岸青山相对出，孤帆一片日边来"的诗句。

云雾缭绕的天门山仙境，穿山而入的上山电梯，伫立于天门山平台上的惬意舒畅，在悬空栈道上的胆战心惊和在观山平台上双目饱览的美景，反倒让我把天门山、武陵源、黄石寨等一些景色误认为是桃花源。

美丽的湘西夯吾苗寨，融入脱贫攻坚内容的家庭式红茶销售，精美的苗寨银饰，荡悠悠的吊桥，气势恢宏的"魅力湘西"实景演出，令人心醉的凤凰古城，这一切都定格在我所存的美好记忆中。

人生总有不完美的缺憾，比如湘西之行去夯吾苗寨时，沿途的村民住宅已全然没有了当地最具特色、最具民族风情的吊脚楼的风采，取而代之的是砖瓦结构的二层小楼，总觉得少了原生态的根。去了夯吾苗寨，尽管路经十八洞村，但由于行程的安排，与之擦肩而过，未能一睹它的芳容。

又见湘西，虽有遗憾，但更多的是撷取的美好记忆。

2021 年 7 月 29 日

中国军人

　　军人，双肩扛起的是保家卫国、戍守边疆的重任。他们是国家安宁、人民幸福的象征。中国军人用他们的奉献和牺牲换来了国人的幸福和安宁。

　　穿越历史的时空，仿佛看见那些身披铠甲、策马扬鞭勇往直前、驰骋沙场浴血杀敌的将士；仿佛听到戍边将士在齐声高呼"明犯强汉者，虽远必诛"；也能深切感受到"黄沙百战穿金甲，不破楼兰终不还"的壮士情怀和"莫遣只轮归海窟，仍留一箭射天山"的豪迈气概。在月朗星稀的边塞哨所，沉浸在战士吹奏《梅花曲》思乡的氛围里，一阵轻风的吹拂下，曲子飘落满关山的孤寂之情我也感同身受。

　　"非兵不强，非德不昌。"古往今来，国家的强盛，人民生活的安宁，全靠强大的人民军队做坚强后盾。同时，也紧紧依靠那些不畏流血牺牲、浴血奋战的将士用生命来守护！和平是血肉之躯铸成的钢铁长城。好男儿志在四方，而那些投笔从戎保家卫国，用青春之我，守护青春之中国的中华好儿女更令人称赞。在我国和平的天空，翱翔蓝天有他们矫健的身姿，潜入深海更有他们似蛟龙般的骁勇。雪域高原他们不畏严寒，站在高山之巅，南海之滨他们不怕烈日暴晒，巡洋舰上他们守护海防，巡防边陲更是意志如钢。面对洪涝灾害有他们的奋不顾身，火灾面前，消防官兵顽强勇猛。维护世界和平更有中国力量和中国军人的及时发声。这些新时代最可爱的人啊，他们跟邪恶及死神较量，与灾难抗争，就是为了呵护好每一个生命，为了让天下太平。

我仿佛看到中国军人每时每刻巡逻在边境线上，看到中国界碑旁目光炯炯、紧握钢枪的战士，在猎猎红旗下履行责任和使命，仿佛亲眼看到他们刻苦训练的身影，看到他们为应对未来战争所积淀的过硬本领。

九百六十万平方公里的土地啊，在不同时期，每一寸土地上都有守护者的奉献和牺牲，每一寸土地上都有时刻抵御来犯之敌的血肉之躯和守卫祖国的铜墙铁壁！这样鲜活的例子不胜枚举，"七一勋章"获得者们就是最好的说明：新时代革命军人的杰出代表者陈红军，他坚守高原边防十年，带领官兵完成各种急难险重的任务，他还被追授"卫国戍边英雄"荣誉称号；王占山，战功赫赫的百战老兵，公而忘私，永葆革命本色的战斗功臣也在其中；有荣获"抗美援朝一级战士荣誉勋章"的孙景坤以及战斗英雄，矢志坚守初心的红军战士郭瑞祥。除此之外，还有许许多多无名英雄在守护着我们这一片可爱的土地。

在八一建军节这个特别的日子到来之际，我致敬每一名中国军人，用蘸满幸福之水的笔墨，来抒发心中对他们的无限敬仰之情。因为，正是有了中国军人和强大的国防，国家才更加繁荣昌盛，人民才更加幸福安宁！

2021 年 7 月 30 日

茶台

　　它像一只展翅飞翔的雄鹰，飞落在我家的阳台上在休憩。由于它的灵动乖巧和与众不同，竟由开始的双眉紧皱，到后来倍加喜欢。

　　真的佩服根雕师的匠心独运，使树根每个脉络的艺术感都发挥到了极致。

　　这个飞来的可人之物，静静地值守在它所属的岗位上，洞见着日出日落、霞光万丈和银辉清凉，感受着风狂雨骤和雪日冰霜。"白兔捣药秋复春，嫦娥孤栖与谁邻。"嫦娥仙子孤单落寞，而它是幸福的，在阳台的西南角，却有葳蕤的一盆百合竹与它相伴。

　　它的双翼舒展着，左侧翼羽偏宽大，右侧则瘦小些，好似早期的营养不均导致的发育不良。它的腿很奇特，有三条，前两条腿呈不规则的"之"字形，第三条则与前边左侧的那条紧紧相随。仔细深思：三点一面，才使这只飞来的鹰体能够平稳。仅此两点，就让人觉得它与众不同。

鹰的栖姿可观，它的头部有好多鳞片，不经意处才发现它精致小巧的嘴舌。在它的脖颈与躯干之间，竟刻有一棵粗大的松树，树身上有粗细不匀的纹路，从向上延伸和旁逸斜出的树干、树枝来看，像极了千年松柏。令人匪夷所思的是，根雕的图案竟在松枝上雕刻有五片有纹路的荷叶，倒像极了"绿池落尽红蕖却，荷叶犹开最小钱"的诗意。"拔地万里青嶂立，悬空万里素流分。"在有限的空间，一座以黄、白、灰三色为主基调的小山拔地而起，与之相望的是一湾湖水。在与二者呈三角形的顶尖处，有一对小鸟似在相互对视，又像是卧憩沙滩的鸳鸯。

这就是先生在朋友店里精心挑选后以优惠价购买的根雕茶台。

凝视一片云，仰望一轮月；或捧一本书，对一壶茶时，均有它默默的陪伴。它就这样和我相知相伴，不离不弃，像极了与我相濡以沫的爱人。

2021 年 8 月 16 日

八月十五的月亮是首歌

"今夜月明人尽望，不知秋思落谁家。"翘盼着八月十五圆圆的明月，今年的秋思也及早地到来。人又长一岁，月圆又一轮。在两鬓渐白的人生路上前行，岁月的流长让思绪四处飘荡，佳节的遐想也越发悠长。思绪激发起了童年的歌谣、青春的张扬及中年成熟、沉稳的心境。在通往白发垂髫的旅途上，释放掉所有的包袱，不被周围左右，也许是人生的另一种境界和逍遥。八月十五月圆之时，母亲蒸的撒满粒粒芝麻的糖饼，让我深深留恋和回味早年的时光和乡情。

虽一凡夫俗子，但家国情怀的分量却日益增重。"青山一道同云雨，明月何曾是两乡。"在举国欢庆、国人在一轮明月下共庆团圆时，想必明月下的阿里山也在高歌欢唱；皎洁的银辉下，想必日月潭也在思念着黄河、长江；高山族的情歌会带着桂花的醇香飘过台湾海峡来看巨变后的家乡。

八月十五的月圆之下，万里长城一定更加雄伟豪迈；银辉下的长江水会更加激扬、动情；黄河水将更加温婉、安宁；喜马拉雅山的哈达将更加洁白，它更会深情地遥望金色的北京。

八月十五的月亮照在边关，它见证着中华将士守护天下太平的忠义担当、铁骨柔情；它照在我的家乡，是月光下家乡的小河在静静地流淌，是独坐门槛的我在仰望星空，静静地思念着爹娘。

"此夜若无月，一年虚过秋。"我却认为，像八月十五这样的花好月圆日，月亮不会偷懒，让万人嫌弃。它会穿云破雾以成人之美，让所有天下有情人终成眷属、美梦成真。

湖中的绿荷已变得憔悴，那一定是它等待八月十五的圆月太久，才变成眼前枯黄的模样。

八月十五的月亮偶尔也会有忧伤：那是因为它看到在万家团圆时还有许多人在奔忙，他们舍小家顾大家，不能与妻儿团圆，也不能回家看望爹娘。

八月十五的月亮笑了：因为它欣喜地看到明月下十八洞村的村民和全国5570多万贫困人口一样，彻底摆脱了贫困，同全国人民一道迈步在通往小康的路上。

"今人不见古时月，今月曾经照古人。"八月十五日的圆月，见证了古人和今人的沧桑、变化，它更见证了中华民族从饱受屈辱到强大的历史性跨越和屹立于世界民族之林的辉煌历程。

"海上生明月，天涯共此时。"八月十五的月亮就是一首歌，是一首华夏儿女共唱团圆、绵延不断的歌，从古唱到今，从天上宫阙唱到神州大地，只为这美好和欢乐团圆的时刻。

2021 年 9 月 17 日

重阳年年有　人间重晚晴

"人生易老天难老，岁岁重阳。今又重阳，战地黄花分外香。"天刚亮，睁开双眼，这首《采桑子·重阳》便惊奇地令我默诵于心。

无法精准理解伟人当时战地逢重阳的心境，但特别欣赏此词所带给人的美感和革命的乐观主义精神。

不知何因，今年重阳节的思绪像乱云飞渡，肆意翻飞。仔细分析，是国庆假期与朋友们一起去了徐州淮海战役和山东孟良崮战役两个纪念馆，这趟红色出游激起我思绪的火花四溅；是电影《长津湖》带给我心灵上的巨大冲击和思忆。

每至重阳，无论多忙，我和先生都要挤出时间陪婆婆出游，过个不一样的重阳节。在她老人家开心游览秀丽风景的同时，我内心总感觉有些美中不足：假使公公也健在，陪他们老两口一起过节那该多好。遗憾的是，他老人家已故二十多年了。

节日期间，家人围坐在一块吃饭，谈起他早年的事，大家心情都异常激动，很想翻看一下他当年参加抗美援朝时的荣誉证书和纪念章。当看到红底镶金边的纪念章上刻有的"和平万岁"四个字，看着字下"展翅飞翔"的和平鸽，我仿佛看到当年他和战友们在枪林弹雨中奋勇杀敌、冲锋陷阵的勇猛身姿；看到红的底色，我仿佛看到身负重伤后倒在血泊中牺牲的志愿军战士。这红色是中国红，是无数革命先烈用鲜血和生命凝成的，我们现在衣食无忧的幸福生活是无数先烈们用生命换来的！翻看到金色纪念章背面镌刻的"抗美援朝纪念"几个字及"中国人民赴朝慰问专赠（1953.10.25）"，我思念起了牺牲在异国战场上的十几万保家卫国的中华热血儿女。

看的另一枚纪念章，泛着金黄色，是1951年由中国人民政治协商会议全国委员会制作的铜质毛泽东主席像章。当凝视它上面的红色五角星图案和图案上叠加的金色毛主席头像时，我想到了熠熠生辉的中国军人帽徽；联想到一代伟人在当时艰难困苦的条件下讲出"打得一拳出，免得百拳来"的豪迈气概和中国人民面对强敌的大无畏精神及民族气节！

国庆节后，由女儿陪同看了电影《长津湖》，才更深深地体会到早在 30 多年前，作为一个曾经参加过抗美援朝的战士，他在庆生时高唱"雄赳赳，气昂昂，跨过鸭绿江，保和平卫祖国就是保家乡，中国好儿女齐心团结紧……"这首《中国人民志愿军战歌》时的激动情怀。岁月的流逝，年龄的增长，令我更深地体会到他和战友们之间的那种生死相惜的革命情怀；也才更充分地理解他在世任职时，虽手中有"权力"，却不给子女和亲朋谋一点点好处的大公无私！

重阳节既是老人节，也是登高节。因婆婆年迈，只能陪她老人家赏花游园。比如去过的山东的冠世榴园、菏泽的牡丹园、河北正定的荣国府、河南开封的龙亭等。82 岁高龄的她，早年独自一人在家拉扯大四个儿女，甚是辛苦。而今，已四世同堂的她，就应该享受儿孙们的孝敬，享受这个美好而伟大的时代给人们带来的幸福生活。

惊喜的是，在多次陪她游园和赏菊的同时，反而由于白居易的"满园花菊郁金黄，中有孤丛色似霜。还似今朝歌酒席，白头翁入少年场"这首诗，令我更偏爱百花之中的金菊了。因为似曾觉得金菊与伟人诗中的"战地黄花"联系得更为贴切。

2021 年 10 月 15 日

畦菜青青不了情

生产队里的电工把机井闸一拉，随着抽水泵"嗡"的一声转动，清冽的井水便从塑料管内像白色的雪浪喷涌而出。从井池顺着水垄沟，在干活的生产队社员用铁锹挖出的水口引导下，井水汩汩地流向田地。菜畦里长红了脸的萝卜，它嫩嫩的绿缨在风中兴奋地向人们招手示意。白皮绿叶的大白菜，根部带刺的紫色茄子秧，连同结满青椒的青椒秧，全都欢快地迎接着井水的到来，像极了接待久别重逢的亲朋。坐在机井房旁边玩耍的小伙伴们，趁生产队长和大人们去干活稍不留神的间隙，便猫着身子钻到菜地里，逮着啥是啥。顺手拽一个紫生生的茄子，或者是涨红了脸的西红柿，抑或是连缨带泥的红萝卜和带着小刺还扎手的嫩黄瓜，往腋窝一藏，飞也似的跑到菜地东边一条大水渠旁的杨树下。蹲在河岸上，用不干净的小手，拨拉掉上面的灰尘或泥土，狼吞虎咽般地吃着"胜利"的果实。直吃得满嘴片发红、发紫。由于吃得急迫和匆忙，嘴上有时还带着泥土，同伴们彼此取笑着对方不讲卫生。

现在回想起来，当时的情景还那般甜美。吃红萝卜的嘎嘎脆甜，黄瓜的脆嫩可口，西红柿的酸酸甜甜，口味是那样纯正，不像现在从市场上买来的一些蔬菜，吃不出应有的味道。早年在大田地里蔬菜的味道很难再找寻回来了。

前几天，一位同学在朋友圈发了一条这样的短信："从今天开始，要带现金出门了。"并附感言：关爱卖菜老人，从自身做起。一看题眼，令我心中一震。信息化的发展，让人们足不出户可以买到想买的任何商品，不带一分钱，仅一部手机就可以"独闯天涯"。凡买东西，手机对准二维码一扫，就可以了，这是何等的方便！于是，我像所有现代人一样，出门分文不带，哪怕是买一块钱的豆芽，或是一块钱的豆腐，现金完全不用带。可是有一次，在路边的一位老大爷推的三轮车旁买绿莹莹还带着露珠的蔬菜时，他说要付现金，刹那间我傻眼了，眼看着欣喜的蔬菜却无法买走，他也是一脸的无奈。那次买菜的经历，使我很受触动，心想：今后出门，务必带些零钱，方便别人，也方便自己。当然此事过后，一忙起来自己并无真正地身体力行。因此，看到这条信息后，满心的惭愧。

想起自己早年的经历，深感农人的不易。上初中时，由于那时条件艰苦，星期天也要帮家里干力所能及的农活儿。除此之外，还要割草卖钱挣些学杂费。在夏季，偶尔还会和邻居的小伙伴到地里拔野菜拿到城里去卖。永远也忘不了我和对门的小芹每人带着一篮子苋菜绑在自行车后座上到城里去卖的情景。我俩推着自行车沿街叫卖："谁要苋菜嘞？"其实，是进城后推着自行车走了很长一段路，才开始怯生生地替换着喊了几声。要知道，当时我俩的个头也才仅仅跟推着的自行车一般高，进到城里的我们，非常胆怯。串了五六条街巷后，到了原来的商标厂南边，一位看似工厂的师傅、体型微胖、留着平头的中年男人面目慈祥地走上前，看了看篮子里一把把用白线捆得很整齐的苋菜，和蔼地问我们："苋菜咋卖？"我俩齐声回答："一小把五分钱。"兴许是出于同情的缘故，他把我俩的两篮子苋菜捆数问过后一下子全买了。他一边给钱，嘴里还一边说："这么小的孩子就出来卖菜，家里大人怎么放心？"一篮子苋菜各自卖了二角五分钱——其实邻居小妹的菜捆数是少我一些的。这使我俩心花怒放，第一次充分体验了一把劳动后收获的喜悦！

自己是苦孩子出身，由己及人，因而不能忘掉农民的本色，尤其是上街买菜带上现金，以方便一些上了年纪的、不会使用微信的菜农这等小事。

在吃着可口的时令蔬菜时，至今都忘不了自己的根仍扎在老家农村，更忘不了田地里的青青蔬菜。

2021 年 11 月 8 日

掰玉米

掰玉米对我来说已经是很遥远的记忆了。

星期天是不属于农家孩子们的。多想睡个自然醒，可那太不切实际了。

清晨，在母亲多次催促和叫喊起床的声音当中，睡得正香甜的自己蜷缩在被窝里，说什么眼皮也是不愿睁开的。母亲喊急了，就一个个把我们姊妹数人的被子彻底地撩到一边，她匆匆忙忙下田干活儿去了，瞌睡的我们再也无法入眠，只好起床。哥哥姐姐行动迅速，一骨碌起身，迅疾也往地里走了，只剩下还在磨磨蹭蹭的自己。

早上的空气无比清新，润润的还带着甜味。挎着箩筐朝着太阳升起的方向走去。太阳公公还没露脸，只有万道霞光。站在地头的垄沟上望着大片的玉米地，玉米的叶子上沾满了露水，有的叶子上好似雨打过的芭蕉，圆润透明的露滴像刚从天上降落的珍珠。玉米叶子大都焦黄，而个别向上的叶子，则是黄中透绿。玉米秆下面的稗子草被掩隐在高大的玉米秆和叶子之下，由于野草茂密，爬满了地，地面几乎不露皮。环顾四周的秋田，抬头一看，母亲、哥哥、姐姐左手握着玉米秆，用右手抡着镢头，正在把一人高的玉米秆锛倒。母亲的速度快，在最前边，哥哥姐姐跟母亲差了一段距离在后。一棵棵被放倒的玉米秆像是被伐倒的一棵棵小树，被平放在地上，像给大地铺上了一层由玉米秆制成的大棉被。秆上的玉米，有的张扬大胆，被已经干黄的玉米皮紧紧包裹着，它还生怕人家把它遗忘，在尖上结着毛茸茸的长胡须。有的玉米棒则被盖在了厚厚的玉米秆之下。在太阳刚升起的前半晌，坐在玉米秆上掰玉米棒的我们，衣袖和裤子被露水打湿，手上连露水带泥，还有玉米缨，尽是花里胡哨，不再干净。随着劳动进程的加快，在地里被放倒的玉米地空隙，一堆堆金黄色的玉米棒被抛在身后。我和三个弟弟干活儿认真时，玉米是集中往一块扔，干活时间长了就浮躁，扔得稀稀拉拉，成了一条玉米长带。

临近正午时，有时恨活儿的母亲还非要干个格及

（圆满），免不了吃迟饭。大晌午，太阳晒，肚子饿，为了逃避母亲的监督，也为了防晒，我和弟弟们都不约而同地把外套脱下，盖在头顶上，连同胳膊一块遮住，这样，一则母亲看不到我们干活儿的快慢，另一方面太阳也看不到我们疲惫的脸，想晒着我们更是没门。

"这几天在家掰玉米，真是累孬了，每天饭都不想吃，一进家倒头就睡了。俺对门邻居的一个小伙子，连续在家掰了五天的玉米，先需把玉米肩扛到地头，再用车拉回家，都累哭了。"今日在理发店剪头发，理发店的老板对我说道。我说："今年是特殊，几场暴雨后，地里连水带泥的，肯定累。""都是穿着胶鞋从'水泥'地里掰了又背，背了又拉的。玉米秆还都长在地里，今年种麦子都成问题了。""那玉米怎么往外弄呀？"我问道。"掰的时候，先放个大水桶，再套上质量较好的网状包装袋，免得到家还得再倒换袋子，更担心好不容易抢收到家了，再霉烂。"

《悯农》诗，可以说是妇孺皆知。这首诗让人们充满了对劳动人民辛勤劳动的赞美，进而对每粒粮食倍加珍惜。在今年这个暴雨成灾的特殊年份，作为农家出身的我，更是悲天悯人，感慨和担心不已。地不干，人连进地都不能，别提种麦子了，明年我们的粮食在哪儿？也曾心情沉重地发了感慨写下《惊雷》小诗："一声炸雷惊人醒，万人此时不再梦。上天为何总下雨，是解心中烦闷情？可怜秋禾泡水里，还未收好送家中。历代农人多艰辛，滴滴汗水换收成。若遇旱灾和涝灾，禾苗颗粒难收成。"

随着农业机械化水平的提升，我们随后改成就地掰玉米了。戴着草帽、手套去，玉米棒掰开就地放在麻袋里，然后一袋袋地扛出去，装到事先停放的排子车上拉回家。但玉米地的闷热，玉米叶刮脸的痛，一想起来就倍感劳动的不易和艰辛。再后来，机械化的程度更高，掰过玉米后，秸秆被就地粉碎还田。

早年秋季在地里掰玉米的那份辛劳和为此洒下的汗水，让我永远也忘记不了自己的身份：我永远是农民的女儿，是黄土地养育了我，并赋予了我一切。

2021 年 11 月 29 日

被捡起的时光

焦文学 著

诗歌卷

郑州大学出版社

图书在版编目（CIP）数据

被捡起的时光.诗歌卷／焦文学著. — 郑州：郑州大学出版社，2022.3（2023.7 重印）
ISBN 978-7-5645-8523-5

Ⅰ.①被…　Ⅱ.①焦…　Ⅲ.①诗集－中国－当代　Ⅳ.①I217.2

中国版本图书馆 CIP 数据核字（2022）第 002269 号

被捡起的时光·诗歌卷
BEI JIANQI DE SHIGUANG·SHIGE JUAN

策　　划	李勇军	封面设计	孙文恒	
责任编辑	暴晓楠	版式设计	孙文恒	
责任校对	刘晓晓	责任监制	凌　青	李瑞卿

出版发行	郑州大学出版社（http://www.zzup.cn）
地　　址	郑州市大学路 40 号（450052）
出 版 人	孙保营
发行电话	0371-66966070
经　　销	全国新华书店
印　　刷	永清县晔盛亚胶印有限公司
开　　本	890 mm×1 240 mm　1／32
总 印 张	15
总 字 数	270 千字
版　　次	2022 年 3 月第 1 版
印　　次	2023 年 7 月第 2 次印刷

书　　号	ISBN 978-7-5645-8523-5　总 定 价：68.00 元（全二册）

本书如有印装质量问题，请与本社联系调换。

自序

　　生活如诗如歌，热爱生活的人，心中始终流淌着一首激情洋溢的歌。

　　为善而歌，为爱而歌，为感动而歌，为正义而歌，为革命的"风、花、雪、月"而歌；为春、夏、秋、冬而歌；为过去、现在、将来而歌；为了逝去的、拥有的一切皆放声高歌。

　　以诗歌为伴，长为之乐；以诗歌为乐，常念及远，恋之深，喜之切。

　　长达十年，无论身在哪里，都有诗书、诗歌为伴。诗歌即我心，即我身，即我喜，即我悲，它是我的苦乐年华，是自己的心路历程。虽青涩，但渴盼盈华。希冀随着岁月的流逝它会翼羽渐长，继而丰满，继而华彩流章。

　为累积记忆，顾盼成长，特辑录近十年来的小诗成册，渴望各位大家多予指正，自是感激在心，终身铭记。

　是为序。

2021 年 10 月 21 日

目录

七一放歌

——献给党的 92 岁生日

你从黑暗中走来

像一盏明灯

把中国人引向光明

让我们远离黑暗

告别了积贫积弱和苦难深重

你从巍峨高山和崇山峻岭中走来

以星星之火

在中国燎原

你是舵手

让中华儿女乘着巨轮

扬着和谐之帆

驶向和平幸福的彼岸

为了追求自由、民主、平等和富裕的

强国之路

有多少仁人志士上下求索

用热血把你的旗帜染得如火鲜艳

党啊，亲爱的党

在你 92 岁生日之际

回顾你光荣的历史

让我怎能不动情

怎能不放声歌唱

站在鲜红的旗帜下

我久久凝视，思索良久

于是我握紧拳头，举起右手

重温入党誓词

默默立下铮铮誓言

作为一名共产党员

必须以无数革命先烈为榜样

抛弃个人荣辱

立足本职，躬身实践你的宗旨和理念

只要能为你的旗帜增光添彩

看，我们充满希望的中国

"神十"已飞天

立于世界强国之林

实现强国之梦已不再遥远

党啊，亲爱的党

生活在你温暖的怀抱

吸吮你甘甜的乳汁

让我怎能不诉说

怎能不歌唱

衷心祝福我们的祖国生机勃勃

祝福人民永远幸福、和谐、安康

热爱你啊伟大的党

有你的坚强正确领导

美丽的中国梦

一定能如愿以偿

一定能实现

2013 年 7 月 1 日

致交警

当东方露出第一缕晨曦
红红的太阳从东方冉冉升起
你便开始了一天新的里程

骄阳下你被晒得黝黑
但仍目光炯炯
指挥若定

风雨中
你披一件雨衣
神情坚定
用有力的双手指挥车辆
有序地行进在各个路口

寒冬里

你像一棵挺拔的青松笔挺站立

让寒冬肃然起敬

春天里

你像脱掉冬装的小燕子

迈着矫健的步伐

忙碌在川流不息的城市中

有了你

人们在红黄绿前

有序前行

这就是你啊

城市中最美的奉献者之一

我心中让人敬重的交警

一道亮丽的城市风景

2013 年 7 月 16 日

人民教师之歌

丰硕的 9 月

一批批学童背起书包进入校园

踏进知识的殿堂

而此时

一批批栋梁已迈入社会的大课堂

将用知识的积淀成就人生的梦想

春天里

您为孩子放飞了希望

播撒种子辛勤耕耘

让他们茁壮成长

经过夏的积淀

迎来了秋的丰硕

和桃李满天下的芬芳

冬的严寒

您培育了学生的青松意志

坚忍不拔　无畏坚强

额头爬满皱纹　两鬓已经斑白

您却矢志不渝

仍站在三尺讲台之上

您的严谨　您的严厉　您的和蔼　您的

慈祥

传道授业解惑

都用在对学生的培养之上

但您无怨无悔

因为辛勤的付出

托起了明天的太阳

铸就了祖国的未来和希望

2013 年 9 月 10 日

国庆祝愿

大红的绸子甩起来

欢快的秧歌扭起来

红红的灯笼挂起来

喜庆的鞭炮放起来

金黄的狮子舞起来

中国啊沸腾了

成了一片欢乐的海洋

每个中国人扬眉吐气

成了国家的主人

历史选择了中国共产党

党无悔地承担起这份历史责任

为人民谋幸福

在亘古未有的征程上

筚路蓝缕　奋发图强

励精图治　艰难探索

几代人的艰辛

终于步入中国特色社会主义

建设的康庄大道

人民和谐幸福

迈向小康

祖国建设一日千里

蒸蒸日上

渐进强国之列日趋辉煌

和平盛世

举国同庆

共谱华章

十三亿中华儿女

共织一个同心结

祝愿伟大的祖国安定祥和

如泰山千年巍峨

永远繁荣富强

2013 年 9 月 30 日

我是小草

一

我没有青松的挺拔

高山的巍峨

没有牡丹的富贵、艳丽

梅花的孤寒、高洁

但我也渴望春天啊

因为那时我就可以穿上全新的绿衣

欣欣向荣，装点春天

哪怕是那样不起眼

二

秋天里

我结不出累累果实

我也竭力地生长

直至暮秋变得枯黄

我真惧怕冬天

因为那样我的生命就会"死去"

只能带着泪被碾泥成尘

把自己埋进土壤

幸好春天还很眷顾我

让我的籽粒破土出茧

重复一岁一枯荣的生命周期

因为我只是一棵小草啊

我还要高昂着头颅顽强地生长

哪怕是在角角落落

那样的不起眼或被人遗忘

2013 年 12 月 4 日

牵手

年轻时我俩牵着手
两颗陌生的心渐渐靠近
于是手牵着手走进婚姻的殿堂

牵着手会一起走过人生的春夏秋冬
两鬓斑白乃至耄耋之年
哪怕是老态龙钟步履蹒跚
仍然手牵着手
走过人生的沟沟坎坎和激流险滩

如果有来生
我还会牵着你的手
一生一世直到永远

2013 年 12 月 10 日

赞新型农民

——看宝莲寺镇科普惠农兴村工作有感

土地流转说得开，新型农民种田来
栋栋拱棚次第接
黄瓜、豆角、青椒、茄子、菠菜、苦瓜
四季献
城市居民菜篮满，科普惠农得实惠
蔬菜拱棚、智能温室建起来

科学施种有办法
西瓜、玉米、白菜多茬栽
辛勤耕耘不怕苦，钱袋总能鼓起来
相信党的好政策，小康路上大步迈
种田也能富起来，农民心中乐开怀

2013 年 12 月 24 日

那一抹乡愁

再也看不到村东头的那个水塘
和那一片绿色的芦苇
多少次在塘边戏水玩耍
或挽起裤腿蹚进水里弯腰摸鱼
留下多少童年的欢声笑语

再也看不到村子上空的袅袅炊烟
和村东头的那条水渠
无数次坐在渠岸上把脚浸到水里
让淙淙流水从脚面流过
用脚丫撩拨河水
此景填充了童年的惬意

再也见不到看着自己长大的大爷大娘

和叔叔婶婶们

因为许多人早已长眠地下

看着他们孙娃儿们的稚嫩脸蛋

也说不出是谁名谁

再也看不见自己出生时的那五间平房

和自家院子里的那棵槐树

盛夏爬树上到房顶

望着皎洁的月光和眨着眼微笑的星星

那仿佛就是人间仙境

如今这一切

都化为那一抹乡愁

浓淡在眉目和唇齿间

2014 年 1 月 7 日

冬日登林州黄华山

冬日登临黄华山

一泓冰湖镶中间

二百六十石阶上

玉皇寺庙入云天

取道中天门台阶

盘绕山中十八弯

数里小道行之后

隔壑眺望妈祖庙

若非同伴山下等

真欲停留山里面

清新空气任呼吸

健康身体益延年

2014 年 1 月 13 日

春天的脚步

分明已感觉到你轻快的脚步

和你复苏万物的气息

越过河流山川

犹如略施粉黛

面带笑靥的少女

翩然而至人间大地

冰河解冻

泥土疏松

麦苗返青

万物萌动

寥廓天宇

排成"人"字形的大雁

即将扇动着双翅来报告

这春的信息

你
给人们带来了春的希望
春的喜悦
春的气息
大地生机勃勃
万物迸发百花吐蕊
竞相开放万紫千红
满院春光云淡风轻
负重了一冬的人们
渴望着你的到来
脱掉厚厚的冬装
以轻盈的身姿
融进春的世界里
去创造属于春天的辉煌

2014 年 2 月 25 日

追思焦裕禄

——为焦裕禄逝世 50 周年而作

无数次被您的精神和事迹深深感动

五十年前的今天

共和国的土地上还很贫瘠

而兰考

风沙弥漫内涝成灾盐碱为害

那一方百姓

食不果腹外出逃荒穷困为生

组织的重托

您踏上兰考这片土地

拿出"敢教日月换新天"的气概

治理"三害"

挖泥掩沙有您的身影

一百二十个大队有您走遍的足迹

此举向人们揭示了"吃别人嚼过的馍没味道"

这个最朴实的道理

狂风暴雨中有您

查看灾情焦虑的神色

访贫问苦

有您第一时间登门送救济到百姓家的印迹

党的好干部啊

人民的好公仆

当年您亲手种下的泡桐

清晰地记录着

您在兰考的风风雨雨

对待百姓您亲如父母

而对家人却几乎是苛刻严厉

对待自己那么忘我

哪怕是肝部疼痛难忍

骑不了车

您宁可用手或硬物顶住

也不肯去医院花费钱物

您对组织的唯一要求
把我运回兰考
埋在沙滩
这是何等的崇高
让高山仰止

475 天的工作
42 年的短暂生命
您铸就了共产党人心中
一座不朽的丰碑

"百姓谁不爱好官？
把泪焦桐成雨"①
五十年后的今天
人们再次悼念您
这是您精神的感召
人格的魅力
全党上下再次学习您
这是时代的呼唤
亿万人民的期盼

是每个共产党员应接受的心灵洗礼

也是执政党敬畏人民

增强人民福祉的体现

历史将永远铭记您啊

焦裕禄

您这个光辉的名字是

县委书记的好榜样

每个共产党员的精神坐标

足够一生学习的楷模

2014 年 4 月 24 日

注释：

①"百姓谁不爱好官？把泪焦桐成雨"：出自习近平总书记的《念奴娇·追思焦裕禄》一词。

伤痛

我猛然感到很受伤

头疼痛难忍

伤口说

没事

让我自己愈合吧

只是怕留下疤痕

你就让时间来

熨平一切

痛就消失了

2014 年 5 月 8 日

母亲颂

母亲，亲爱的母亲
在这个世界上我还拥有什么
有您伟大的母爱

从我第一声啼哭来到人间
您便紧紧搂着我
生怕我受到冷漠
是您给了我母亲的温暖
人间的大爱

为了把孩儿们养育成人
您辛苦劳作
日日奔忙
如今我们已长大成人

可岁月的无情

使您靓丽的容颜失去了光泽

时间的雕刻

让您的额头平添了道道沟壑

我多想在叫您母亲时您能够面带笑容地

应答一声

我做梦都想依偎在您的身旁

向您说一说咱的家常

可是

因病痛的折磨

您只能是默默无语

现在想来

我竟不知哪一句是咱娘俩说的最后一次

话语

我多想叫您一声娘

多想女儿回家时

您能站在门口接我一趟

可如今的您

瘫痪在床

每当走近您身旁

您只是在静静地躺着

两眼紧盯着女儿

再也不能用言语和我沟通商量

我无数次泪流满面心如刀绞

只能把您的爱

变成一次次陪伴

及喂您的一勺勺饭和汤

有时恨自己

恨自己不是华佗神医

因为我不愿看到含辛茹苦一辈子的您

再被病痛折磨

总盼您能安然无恙

多想再叫您一声娘

能再次得到您的温暖

您的抚慰

能再听到您对女儿的要求和期望

总在回想小时候您给我们讲的七夕鹊桥

相会

嫦娥奔月和岳母刺字的故事

您对孩儿们的启蒙和养育一辈子不会忘

无数次在心里默默祈祷

愿天下母亲都能够幸福安康

2014 年 5 月 8 日

小满节气

麦芒朝天

尽情舒展

麦粒近似饱满

农民舒心地笑了

这是对丰收的期盼

小满

农人们满满的希望

撒向田间

置身于立夏和芒种之间

积淀成熟饱满

待到骄阳似火

麦浪翻滚

大地金黄一片

农民们搭一羊肚白毛巾

系在脖中间

挥汗如雨

用镰刀收割丰收的希望

抑或收割机

机声隆隆

农民朋友撑起早已准备好的布袋

布袋满满的

收获了大地的笑颜

一个丰收季节的前奏

就在小满这个时节的孕育和铺垫间

2014 年 5 月 21 日

芒种这天的雨

六月六日
这个吉祥的数字
吉祥的时日

早上还是晴空万里
可十五时许
已是乌云压城
继而狂风大作
大雨滂沱
雷声霹雳
风肆虐地吹打着办公室的玻璃窗
哐当哐当

我忧心地隔窗远望这一切

心生焦灼

和农民们一样

担心那一地的金黄

那未收割的麦子

是否能承受住你的打击

摧残之下

还能否颗粒归仓

风

你立即停吧

雨

你马上止吧

因为那满地长着的麦穗

是农人们辛勤的汗水

是他们对丰收的期望

更是生活在城市里的人们

赖以生存的天下粮仓

2014 年 6 月 6 日

走向秋天

我想攥住夏天的手
轻轻地对她说
请你放缓脚步
慢慢地往前走

夏天绯红着脸道
可秋天在向我招手
我想到她的伊甸园
品尝甘甜的果实
也想去看蓝天白云
秋水长天
望断那南飞的大雁

别担心

待到明年这个时节

我们还会再相见

看着她向前的脚步

望着她远去的背影

我呆呆地站在那儿

怅然若失

蓦地

我快步追上她

和她一起走向

硕果累累的秋天

2014 年 8 月 6 日

雨中登山经林州刘家梯偶感

　　十月十二日林州登山，秋雨绵绵，途
经刘家梯，道路泥泞，偶见落地山楂，即
兴写下此诗。

刘家梯旁小山头，
泥路行人自可愁。
秋雨绵绵风吹斜，
三两红点入眼球。
惊喜躬身欲拾取，
山楂手里还娇羞。

2014 年 10 月 15 日

文峰抒怀

沐浴在晨曦中

迎着朝霞前行

广厦、华富、万达

鳞次栉比的高楼大厦

让人应接不暇

这是文峰我的家吗

几年前还是废地藕坑

几年后

竟打造成现代化都市场景

如此的景象

让我产生了海市蜃楼般的幻觉

而这一切

我身临其境

参与见证

文峰

我由衷地赞美你

谁承想在一张白纸上

这么快就抒写成了

从无到有的

工业园区的美景

安化聚酯

斯普机械等现代工业

活生生地进入人们的视野

二纵四横

拔地而起的万人社区建设工程

无不凝聚着文峰人的心血

无不展示着文峰美好的前景

电商大厦

义乌商贸

横店影视城

这些几年前还在纸上提到的

一些意向和愿景

却真真正正地落户于文峰

使文峰百姓惠泽其中

十年二十年后再看文峰

文峰前景将更加灿烂光明

更加繁荣昌盛

身居其中的文峰人

生活一定会更幸福更和谐更安宁

人们一定会感谢

这个伟大的时代

及和谐宜居的环境

文峰

你的日新月异

怎能不令我骄傲自豪

怎能不让我触景生情

抒发豪情

作为文峰人

我们必将齐心协力众志成城

共同筑就伟大的中国梦

在实现中国梦的征程上

让美好的文峰

成为更加亮丽的风景

2014 年 10 月 26 日

守望春天

站在二十四节气的末端

静静地守望春天

在我的节气里

本该天寒地冻

滴水成冰

可不知从何时起

我变得不再凌厉、本色

数九寒天

天干燥

风暖暖十分轻柔

听不到呼啸的寒风

看不见飘洒的雪花

人们被冻得搓手、跺脚的景象

说话呼出的白色哈气

也很难看见

我这是怎么了

变得十分奇异

昔日寒霜傲雪的骨气哪儿去了

我怎样才能回归本色

真正寒冷起来

我期盼着

这一切的改变

2015 年 1 月 20 日

过年回家

汽车上

轮船上

火车上

飞机上

一个个归心似箭

一颗颗激动的心

一双双期待已久的目光

奔波了一年的游子

早已魂牵梦萦

自己的家乡

走出汽车站

走下船舱

走出车厢

迈出机场

拎起大包小包的行囊

拉起行李箱

急切切地奔向温暖的厅堂

那儿有久别的思念

温暖的拥抱

自己的亲人

有能深情喊一声和叩个头的

白发苍苍的爹娘

过年回家

找寻梦开始的地方

找寻无论如何

也割舍不掉的向往

家啊

把每个人放飞出去

但是游子们

即使到天涯海角

也要回归有它的地方

有了它

中国人

才有幸福吉祥和安康

2015 年 1 月 26 日

咏春

春来了

沉睡的高山被唤醒

寂静了一冬的大地

被惊起

春风吹拂

冰雪消融

土地疏松

燕子衔泥

待到

万物吐翠

大地披绿

杨柳飘絮

高山笑了

河流笑了

枯木逢春也笑了

世间的万物都笑了

因为

它们已嗅到春的

气息

在春天里轻歌曼舞

陶醉在春的季节里

此时

农人们甩掉了厚厚的棉衣

荷锄田间

耕耘新一年的希望

若遇春风化雨

在人们惜春

叹春间

将化作时光的炊烟

轻轻向前飘散

2015 年 3 月 3 日

惊蛰

三月里的惊蛰

它能惊醒万物

也能使

万里晴空转作雨

但不用悲伤

正是你坚实的铺垫

有效的连接

三月才满园春色

万象更新

有了惊蛰的日子

大地苏醒过来

从此

它不再沉寂

唤来大地飞歌

2015 年 3 月 6 日

三八节随想

每逢这个节日
都夹杂着一种复杂的
感情
自豪　欢乐　沉重

每当下乡看望留守儿童
看着那一双双期待的眼睛
心里沉甸甸的
感到肩上的担子很重
心里也十分沉重

三八节啊
我曾欢乐着你的欢乐
悲伤着你的悲伤

记忆绵长

终生难忘

心中无悔

笑对沧桑

愿在这个节日里

女人如花

绚丽灿烂

姹紫嫣红

竞相开放

成为女人欢乐的海洋

2015 年 3 月 10 日

山中元素

不能成为一座山
却可以是一道岭

不能成为大平原
却可以是块小梯田

不能成为参天大树
却可以是棵小树苗绿化荒山野岭

不能是长江大河
但可以是山间小溪润泽山田的干涸

虽不是高速公路
但山间公路也可以

把山里百姓送到山外
去体味大城市的现代文明
再把城市文明带回
改变荒山野岭的贫穷

处在大山里
有很多的我不能
但我可以是一个小小的元素
自信地做好我自己
去装扮大山
也靓丽自己

2015 年 3 月 17 日

追寻幸福

幸福是什么

是在春天里畅游百花丛中

欣赏花肥叶瘦和花的争奇斗艳

是俯身嗅起花香的陶醉

幸福是什么

是在和煦的春风里

放起风筝高空的飞舞

心也随之飞扬

幸福是什么

是在幽静的小路上

拿起萨克斯吹奏的动听乐曲

幸福是什么
是在和风舒畅杨柳依依的小河畔
和心爱的人手挽着手地
亲密交谈

幸福是什么
是在身心俱疲时
找一个无人打扰的地方
静下来小憩
什么也不想什么也不做地
彻底放松

幸福是什么
是在两鬓斑白时的
相扶相依
甚或是坐在轮椅上
被亲人推着在看户外的风景

幸福是什么
是战士紧握钢枪岿然不动地
固守边防

幸福是什么
是坐在天涯海角
眺望大海的波涛汹涌
潮落潮涨

朋友
幸福时时刻刻在我们身边
它的外延那样宽泛
就等待着一双聪慧的眼
去追寻　去发现

2015 年 4 月 16 日

红旗渠赞

——红旗渠通水 50 周年有感

在一脚踏三省的地方有一条红色的飘带
向世人诉说着五十年的红色记忆

在巍巍太行山上
镶嵌着一条水的长城
——红旗渠
它是一首歌
向后人传唱着共产党人
为人民寻水掘水的红色之歌

五十年的涛涛红旗渠水呀
怎么也不会忘掉
当年林县十年九旱大地的干涸
为了找水活命

人们不得不担挑车推

不惜到数十里外去辛劳奔波

这样的愁苦

着实让人难以维持生计

但有中国共产党的领导

林县人民没有被困难吓倒

尤其在五十年代的大旱面前

他们万众一心

拿出了战天斗地

重新安排林县山河的惊人气魄

劈开太行山

让漳河水穿山而来

在红旗渠建成通水的那天

耄耋老人笑得那样朴实幸福

年迈的婆婆脸上笑成了菊花一朵

五十年的渠水流淌的是一首

苦干实干的奋斗之歌

更是一首感恩的歌

林县人民感谢党组织

给他们派了一个顶天立地

敢于担当敢于负责的好县委书记

是他带领大家改写了

林县旧山河

开启了有水的生活

红旗渠啊

五十年来

你始终印证着一个铁的真理

那就是

共产党员只要心中有人民

一切为了人民

无论遇到多大的困难定能破解

定能书写

自力更生艰苦创业

团结协作无私奉献的

惊天撼地之歌

红旗渠

这座精神的丰碑

将永远矗立在每个共产党员心窝

2015 年 4 月 22 日

端午节随笔

你的壮怀激烈

你的踌躇满志

你的报国情怀

你的盖世华章

你的"众人皆醉我独醒"

你的孤傲和惆怅

你的"路漫漫其修远兮，吾将上下而求索"

的执着

你的这一切

一个民族的传统节日因你而诞生

吃粽子、赛龙舟

端午节因你而来

当粽叶飘香

飘到汨罗江畔时

它让人想起秭归

也想到一个人的名字

屈原

日月可鉴

你的一腔愤懑及壮志难酬

尤其是你的爱国情怀

早被镌刻在华夏历史上

得以传承绵延不断

2015 年 6 月 20 日

我是一名党员

我是一名党员

随时听从您的召唤

不论刀枪剑戟

还是风霜雪雨

不论前线救灾

还是国际救援

不论一切的一切

因为

我曾紧握拳头

在您鲜红的旗帜面前

虔诚而庄严地宣誓

这是铮铮誓言

我必须随时随地接受党的考验

决不退缩

时时刻刻冲锋在前

我永远要有浩然正气和为民的理念

我要追随您到永远

党啊

伟大的党

在您 94 岁生日之际

请允许我为您点上蜡烛

深情地唱首生日歌

祝您永远健康快乐

2015 年 7 月 2 日

致新年

　　2016 新年将至，夜深人静，思绪万千，夜不能寐，故作此诗，祈福新年。

新年甜蜜蜜

新的一年

人们有足够的力量

拥抱新年

亲吻新年

温暖新年

燃烧新年

放飞新年

陶醉新年

激动新年

强大新年

震撼新年

提升新年

幸福新年

激动新年

新年也会

穿新衣

戴新帽

放鞭炮

开开心心乐陶陶

新年好开心

新年甜蜜蜜

祈福新年吉祥如意

步步高

2015 年 12 月 29 日

村南头的高楼

近来

每次回乡下老家

走到村边

最先映入眼帘的

是村南头已被商家开发的

拔地而起的栋栋高楼

幼年

那儿曾是村里的南坡地

儿时一望无际的田野

好似成了压缩饼干

变成了一小块一小块

从没想到村里的变迁会这么快

村内

难觅低矮的平房

家家都住上了两层小楼

农家院内

不再是黄土地面

全都铺成了清一色的水泥

昔日院子里的耕牛

平板车　镰刀　锄头　扫帚　不见了

棵棵枣树　槐花树　和

村中间的那口辘辘水井也不见了

儿时最熟悉的东西

早已荡然无存

感觉自己成了村里的陌生人

再过几年　十几年

回到家乡

看到的该是什么模样

2016 年 1 月 25 日

不知何时起

不知何时起

人变得那么从容淡定

波澜不惊

是日子的沉淀

年轮的滚动

还是风雨的抚平

岁月说

人生都这样

既有沧桑曲折和不平

又有欢乐憧憬与成功

百般苦难都经历

才会风雨之后见彩虹

日子越过越绵醇

它能垒积起高山的坚定和流水的柔情

2016 年 1 月 26 日

雨水节气

在二十四节气中的第二排序
你出现了

春天的你
是上苍喜至极致
向大地撒下的粒粒珍珠
悲悯它辛劳躬耕的子民

若你能读懂春天
应时而降
便为好雨知时节

你是轻柔的
常是随风潜入夜

在人不经意间无声落下

你性子急
偶尔也会伴随着狂风大作骤然而落
然而
你又是多情缠绵的
也会连绵不断
一直诉说着你的爱与哀愁

在充满祥和的节日里
你如期而至
预示着猴年的风调雨顺
静候着五谷丰登的佳音

2016 年 2 月 18 日

鹤壁赏花随感

春雨渐息

赏樱花

粉色如盖绿毯

游人如织

对红花绿锦

自行拍照

摄尽人间春色

万张笑脸入苑中

喜揽不寒杨柳风

2016 年 4 月 30 日

石榴花开

在五月　　在河边
初夏刚露出头来
探视人间
从你身边经过时
兀的
看到你红红的笑脸

你未与百花争春
也不与繁花斗艳
却静悄悄地
开在五月的初夏
和人们的不经意间

你是否特别喜欢沉寂

要独处一隅

甚至有点孤孑

就连花开也选择在

与众不同的季节

当繁花散去

当它们的热情挥洒殆尽

从开始的一朵两朵

到红花朵朵挂满枝头

你火红的热情

足以感动这个世界

也会惊羡所有

与你擦肩而过的行人

若是驻足看你

人们更不会忘却

你在五月的火红浓烈

会在心底烙下对你独特的

记忆

石榴花开在初夏

石榴花开在五月

2016 年 5 月 19 日

五月二十八日友人陪游岳城水库

碧水快艇库中游，
蓝天丽人舒客愁。
银鱼瓜菜何处寻，
岳城农家餐桌有。

2016 年 5 月 28 日

太行平湖西乡坪观感

满目葱茏层叠翠，
湖光粼粼蝶舞飞。
柿树棵棵傍水生，
排排农家酒旗风。

2016 年 5 月 30 日

五月的牵挂

从乡间走来

五月

成了我深深的牵挂

杏儿熟了

这个时节

进入视线的麦子

已是一地金黄

只看见

有喜鹊从麦田上空一划而过

数只白蝴蝶

扑闪着双翅

像在为麦田欢舞歌唱

麦穗大都齐刷刷地抬头挺胸

在仰望天空

而有的

却很任性地

把脖子扭向一边

似在看

头戴遮阳帽

一手扶铁锹

腰系棉布兜

脸上淌着汗

弯腰在点种的

农人的辛劳

五月的牵挂

已成一地金黄

麦儿香飘

不几日

就会机声隆隆

呈现出一派繁忙的麦收景象

当颗粒归仓

五月的牵挂

将变成大地丰收后

农人脸上的喜悦

和汗滴禾下土的无上荣光

2016 年 6 月 14 日

抬头仰望

不经意间抬头仰望

天空湛蓝纤尘不染

有一片片似鱼鳞的白

和无数朵似洁白的棉花山

秋高气爽

天高云淡雾霾消遁

久违了的景观顷刻间

抛却了大气污染的烦

此时

鸟在唱歌

花草也露出甜甜的笑脸

期冀

这一切能够成为永恒

让寰宇之美

永驻人间

2016 年 9 月 30 日

心中的感动

——安阳"7·19"洪灾组诗

一

公元 2016 年 7 月 19 日

一场自有气象记录以来罕见的暴雨

注定让安阳人民永不会忘记

狂风肆虐

暴雨如注

水库爆满

农田被淹

村庄、街道被洪水浸泡

房屋倒塌，道路冲毁

电力中断

洪水过后

灾区一片狼藉惨不忍睹

二

哪里有危险

哪里就有人民子弟兵

扛沙袋堵决口

在洪水中帮助群众转移

徒步三十多里

抬着抗汛物资

第一个到达失联村庄上寺坪村

饿了啃口面包

累了席地倒头休息

感动得老百姓自发给他们送水做饭

高温酷暑

就连四五岁的小孩儿也主动上去给他们

使劲地

用扇子扇风

这就是父母眼中的孩子

人民心中的英雄

是新时期最可爱的人啊

我向你们深深地致敬

三

哪里有困难

哪里就有党员干部的身影

在危急关头

有王永红、谢爱英等

在暴雨中不顾个人安危舍小家顾大家

村支书们的身影

65 岁的老党员郭继章

在洪水中双腿泡得红肿

仍坚持在救灾第一线

有无数党员突击队

在紧急关头冲锋在前

这是为民宗旨的体现

在人民最需要的时刻

四

安阳是座有温度的城市
一方有难八方支援
爱心人士的捐款
村庄的矿泉水、方便面
医疗系统的灾后防疫救治
书画艺术家的作品义卖
社区退休夫妇的爱心捐助

这一切
无不让人感动
无形中增加了安阳的厚度

五

洪水的肆虐任性
给安阳大地带来的创伤　不幸
灾区群众让大家揪心　牵挂
这一切实情都来自那些叫新闻记者的

在一线采访的辛苦劳动

在特大暴雨发生的第一时间

是媒体记者让人们了解了灾区发生的一切

一篇篇来自不同方面的前线报道

通过近几天新闻记者的"采访札记"

郭敏、麻儵然、牛思明等一大批新闻记者

进入了人们的视线

使读者从他们采访的文字中

陡增了对他们的敬意

人民子弟兵浸泡水中封堵决口

党员干部身背群众转移的身影

第一时间党和政府关心灾情

及灾区人民凝重的神情

全市上下齐心抗洪救灾

每个生动感人的画面

都是他们克服困难

用镜头和笔记录下的真实场景

人们跟着灾区群众

同呼吸共命运

都得感谢他们第一时间的辛苦劳动

六

读着一篇篇现场报道
我流着泪被深深地折服感动
生活在这样一座有温度有大爱的城市
我骄傲　我自豪
从此永远抒发不完对它的赞美
在抗洪救灾中所发生的一切和被感动的
瞬间
将永远定格为我心中一道美丽的风景

七

洪灾虽无情
安阳有大爱
有党和政府
有广大官兵
有党员干部
有人民群众
有上下齐心的抗洪救灾的众志成城

安阳不哭泣

安阳在生产自救

安阳的各方在行动

抗击这场水灾安阳必胜

雨过天晴后

我们将仰头展望更加蔚蓝的天空

安阳的明天一定会更加美好

2016 年 9 月 30 日

驻村仨月有感

寒暑易往飞快

绿叶红花麦黄

驻村已是仨月长

拆迁攻坚路上

翘盼早日功成

村民喜笑盈盈

待到我辈凯旋时

金樽琼浆好临风

庆成功

2017 年 5 月 12 日

梦江南水乡

小桥流水乌篷船，
烟雨蒙蒙黄油伞。
周庄同里和婺源，
晓来思飞到江南。

2017 年 5 月 25 日

掠感

少了些绿

多了些沙漠、戈壁、悲凉

沙山带着一道道脊梁

路过雁窝、盐池、死海

和曾是亚洲第一的风力发电站

直奔让人想起来就发热流汗的

火焰山

听着王洛宾坎坷曲折的人生故事

路过达坂城

想起达坂城的姑娘

不知行了多远

在狂风肆虐中

来到沙漠英雄之处——胡杨林

一个震撼心灵和令人生畏之地

2017 年 7 月 1 日

和诗一首

情到深处念知音，
一线草帽愈亲民。
未到功成晨起舞，
是为城改养精神。
职称原处获教授，
何妨姊到哪一村。
人生无处不转辗，
飒爽英姿不用枪。
展望七村皆收官，
琼浆论诗著文章！

2017 年 7 月 3 日

在清晨的阳光里我想珍藏你

在清晨的阳光里我想珍藏你

珍藏你的眼神

珍藏你的笑容

珍藏你峻拔的身姿

珍藏你蕴含的坚忍和顽强不屈

珍藏你给世人的暖和点点滴滴

…………

如果我是一滴水

我想融进你像大海一样的世界里

2017 年 7 月 5 日

返程

明天就要返程

按捺不住心中的激动

心中的不舍又让我脚步挪不动

戈壁滩　胡杨林　白沙滩

额纳斯　古伦湖　火焰山

达坂城的姑娘　吐鲁番

夫妻哨所边境线

…………

返程的时间表已在眼前

心早已随蓝天白云飞到遥远的千里之外

如果再有机缘

大美新疆

还有令我敬畏和震撼的 185 团

我会伸开双臂拥抱你

和边陲新疆再次相见

2017 年 7 月 8 日

答谢付超

酷暑高温在一线，
撸起袖子加油干。
清莲何须施粉黛，
只留香馨在村间。
风雨兼程同感慨，
只缘城改近半年。
可待班师得胜日，
一年一度续美谈。

2017 年 7 月 16 日

酷暑倾盆斜雨飞

酷暑倾盆斜雨飞，
碧草逢霖喜至泣。
蜗居村内何所为，
闲暇《词话》^①潜心背。

2017 年 7 月 16 日

注释：

①《词话》：王国维先生所著的《人间词话》一书。

生命中总有一些东西难以忘怀

生命中总有一些东西难以忘怀

比如我们刚刚经历的 156 天

又比如昨天一个个在会场上

声情并茂总结回顾的画面

因为有对村里的不舍

和对乡亲的深深眷恋

你们现在哪儿呀

在寄居的房子里是否平安

最纠结的是那二十多户

还未搬迁

群工组魂牵梦萦都想让你们搭乘城改政策

的末班车

真的希望村民们幸福啊

党的阳光雨露不播撒到村里的每个角落

驻村工作组怎能心甘

生命中总有些东西让人不能忘怀

驻村里的 156 天

缔结的兄弟姊妹情缘

及和它相关的方方面面

2017 年 7 月 20 日

八月二日上午大雨即感

哗哗大雨声阵阵，
停笔观窗顿凝神。
天公能否怜黎民，
骤停大雨昨和今。

2017 年 8 月 2 日

七月三十日随先生登天平山

溪水潺潺蝉声鸣，
绿荫小桥通幽静。
酷暑哪得觅清凉，
拾阶徒步山中央。

2017 年 9 月 1 日

游冠世榴园

九月初九游榴园，
万亩榴园金灿灿。
若是早来一个月，
入目石榴笑脸开。

2017 年 10 月 28 日

席中和先生诗一首

梁山好汉义撼天，
易安居士词上坛。
吾辈义举词也缺，
若不奋笔怎心安。

2017 年 11 月 26 日

十二月二十日夜看上海外滩

人潮涌动看外滩，
灯火辉煌不夜天。
黄浦江水波浪滚，
两船游弋朝两边。

2018 年 1 月 1 日

题石鼓书院

石鼓书院依江建，
三江亭子居其间。
往日七贤大堂内，
李忠孝祠感人寰。

2018 年 6 月 17 日

端午随感

荆楚大地有忠臣，
汨罗江水洗冤魂。
粽子龙舟五月五，
只把屈子扬古今。

2018 年 6 月 18 日

贺元旦　清晨和诗一首

磅礴日出东方红，
觉醒已跨新年中。
岁月不居人未老，
赤子共筑强国梦。
吾辈生逢好时代，
放声高歌中华情。
旧影辞去成昨日，
伊始迎来好光景。

2019 年 1 月 1 日

爱上一条街　爱上一座城

凛冽的冬日

雪花在空中喜舞

走在古色古香的街巷

浸着你的芳香

满目欣喜充盈心房

百年古槐见证着你历史的沧桑

你像刚出阁的新娘

轻轻地揭开红盖头

你古朴、俊俏、典雅、端庄

你惊艳了老城人和游人

惊艳了四面八方

大红灯笼在瑞雪中兴奋地摇曳

人们争相看你的容妆

三号院、六号院、十六号院

诉说着你的历史和如今的辉煌

粉浆饭、炸血糕、棉花糖

门当、墀头、拱券窗

青砖灰瓦、四合院

九门相照和石雕

悬山式垂花门、明清小楼房

这些承载着老城人乡愁的记忆和地方

对你的喜爱和钟情

还有许许多多数不清的心中的激动

都升腾成一种深深的爱恋

一条具有历史文化积淀的古街啊

因人们对你的赞美

所以你声名远扬

走向西，飞向东

走上"新闻直播间"

成了春节期间刷屏的"网红"

你是历史文化街区改造的报春者

伴着东风荡漾古城

随着对你持续的呵护

你将愈加亮丽

像一颗璀璨的明珠

镶嵌在古城大地

因为爱上你——仓巷街

人们更爱古城安阳

2019 年 3 月 8 日

题北蒙油菜花

满眼金黄菜花香，
喜鹊翻飞蝴蝶忙。
欢声笑语花海里，
春色留人拍彩妆。

2019 年 3 月 31 日

早路经护城河石榴树边有感

树上万花笑，
无暇顾落红。
待到零落日，
方知万物同。

2019 年 5 月 31 日

我幸福　我生长在中国

我幸福　我生长在中国

她是我最亲爱的祖国

我的祖国有崇山峻岭　高山巍峨

幅员辽阔

有黄河的文明

还有长江卷起千堆雪的壮阔

我生长的中国啊

我亲爱的祖国

您从艰难困苦中走来

曾是那样的遭受磨难蹂躏和积贫积弱

您的儿女们处于水深火热却又无处言说

自从有了共产党

天翻地覆慨而慷

人民子弟兵
每逢祖国和人民有难
总是在第一时间驰援
陆海空
随时都在听从党的指挥调遣
九百六十万平方公里的大地上
时时都滚动着一方有难八方支援的画面

我幸福　我生在了中国
当国家有难人民有难时
各界人士都纷纷伸出援助之手
捐赠的物资总是源源不断
海外赤子
也心系祖国

我幸福　我生在了中国
在中国共产党的坚强领导下
无论艰难困苦
中国人民都挺了过来

且赢得了胜利

我幸福

我生长在中国

2020 年 3 月 3 日

和诗一首

红粉褪尽绿窗纱，
艳阳高照迎初夏。
棉衫更换随时节，
四时交替流韶华。

2020 年 3 月 29 日

致外甥旭阳即日奔赴军营

昔日莘莘学子，
今朝戎装整发。
胸前佩戴红花，
从此奔赴军涯。
行礼辞别家乡，
亲人无限荣光。
男儿保家戍边，
青春献给国家。

2021 年 3 月 18 日

题凤凰古城

十年后再次与你相遇
又掀起你轻纱的美丽
你像一颗明珠镶嵌在湘西大地
你的古老和着凤凰的美丽

沱江水悠悠
流淌着千古风流
两岸霓虹璀璨
使沱江水更加阴柔

江上的老水车
诉说着你的古老
两岸的歌声阵阵
那是苗族阿妹幸福生活的节奏

若能久住于此地

会消掉万般忧愁

在临江的阁楼上

伏案用笔书写你的春和秋

2021 年 4 月 29 日

晨练池边即感

绿柳下

芦苇旁

小石桥

流水长

荷叶田田莲花长

石榴枝

假山石

月季红鲜斗碧枝

黄鹂声声夸舌巧

众鸟和鸣争高低

2021 年 5 月 13 日

"稻父" 袁隆平

5月27日，从学习强国平台欣赏了袁隆平先生的《妈妈，稻子熟了》朗诵版，思绪涌动，特写此诗，以示敬仰。

金黄的稻子是您一生的梦想
是您手捧稻穗时跳动的美妙乐章

稻子熟了
您想母亲了
可她在辞世之前
您仍然在长沙忙着开会
竟没能来得及看上她老人家最后一眼

您知道

她是生您养您的母亲啊
为了您
她从繁华的大都市辗转多地
来到安江这偏僻一隅
为的是成就您的水稻梦

您愧对母亲一人
却使水稻高产梦想成真
让万千民众告别饥饿有了饱饭吃
也让中国人把饭碗牢牢端在自己的手中

您不属于母亲膝前床头的孝子
您只属于漠漠水田
属于波涛翻滚的
金色稻田
共和国勋章
是您俯身稻田深情的积淀
是万千稻穗堆积成的高山

稻子熟了
您带着梦的"种子"走了

稻田在哭泣

2021 年 6 月 1 日

百年颂歌

一百年前的嘉兴南湖

一盏明灯点亮了中国

一艘红船从此

劈波斩浪

扬帆起航

不畏狂风怒号

不畏激流险滩

不畏惊涛骇浪

不畏魑魅魍魉

以星星之火

燎原中国

历经曲折磨难

以磅礴之势

力挽狂澜

拯救中国

您的诞生啊

唤醒了沉睡的民众奋起抗争

把侵略压迫一扫而净

人民共和国的命运由您掌舵

红船在辽阔的大海上稳健前行

中国人民从站起来富起来到强起来

令东方越发鲜红

九千八百九十九万人摆脱贫困

贡献的中国力量

展示的大国风范

万民称颂

创造的奇迹

世界为之震惊

也给予点赞和掌声

谁说中国是东亚病夫

让其自扇耳光无地自容

要知道

中国龙一旦觉醒
就是整个宇宙也不可撼动

为人民打江山
百年风雨兼程
人民守江山
是因对您的无限忠诚
从最初的 50 多名党员
到今天的 9100 多万
只因您秉承的是
人民至上的崇高理念
由此您的追随者
披肝沥胆
夙夜在公

您是东方温暖的太阳
照得全中国人民心里亮堂堂
身上暖洋洋
人民怎能不拥护您呀
伟大光荣正确的中国共产党

今天是您的百年华诞

到处是赞美和祝福您的歌声

一个新的百年即将启程

有您的领航掌舵

十四亿中华儿女必将笃定前行

中国这艘巨轮

必将乘风破浪

扬帆驶向辉煌和强盛

嘉兴南湖

一个有百年记忆的红色起航

2021 年 6 月 3 日

活着

活着真好
只有活着
才可以看蓝天白云
秋水长天
雪花飘飘

活着真好
活着可以打理柴米油盐酱醋茶
过着平凡的日子
才能更深刻地感受阴晴圆缺和悲欢离合
也可以追寻诗意的远方
去感受唐诗宋词的风韵和古老

没有什么比活着更好

因为只有活着

才能更加珍惜和见证世上的一切美好

活着真好

因为只有活着

才能让人感受到

轻风沐浴

青山城郭

碧水环绕

没有什么比活着更好

因为我的祖国制度优越

疆域辽阔

美丽富饶

我可以踏遍万水千山

去感受它的美丽妖娆

我幸福

因为我幸福地生活在这个

伟大的时代和甜蜜的国度

可以放声高歌

可以纵情舞蹈

可以高山鸣琴

可以溪水垂钓

活着真好

但我不愿苟且地活

我愿做一棵匍匐大地的小草

哪怕只是献出一点点绿

去装点世间的美好

2021 年 8 月 3 日

相会

天地相隔一银河，

广寒宫里悲苦多。

织女织杼数相思，

董郎遥盼鹊鸟多。

千里相逢彩虹桥，

依偎共唱相逢歌。

2021 年 8 月 10 日

七夕

一年相隔有多远，
相思梦就有多绕。
去年相逢很期待，
今年相见很苦恼。
琼楼玉宇可安好，
凡间正被疫情扰。
寸寸相思成红豆，
乘风万里飞碧霄。
金风玉露一相逢，
胜却人间无数情。

2021 年 8 月 13 日

八月十一日遥寄杨建平恩师

即日下午间隙练拳，非常想念远在焦作的杨建平老师，情致极处，当作小诗，借以抒怀。

暴雨洪灾至，
疫情恣意狂。
遥寄锦书来①，
山阳②应无恙③。
已是可人天④，
相见恨日长。
更期瘟疫却，
随师习拳忙。

2021 年 8 月 12 日

注释：

①锦书来：化用宋代李清照词《一剪梅·红藕香残玉簟秋》中"云中谁寄锦书来"句。

②山阳：焦作古称山阳，怀州。

③无恙：化用毛泽东主席《水调歌头·游泳》中的"神女应无恙"句。

④可人天：化用宋代杨万里《秋凉晚步》中"轻寒正是可人天"句。

和诗一首

恰逢秋凉可人天，
文峰两会华庭来。
聆听报告悟精髓，
愿景美好谱新篇。
曲终人散各西东，
更期金樽映月圆。

2021 年 8 月 17 日

思念

——文轩

如果有您在该多好

我想哭就依偎在您怀里哭

想笑就跑到您跟前笑

偶尔还能在您面前撒撒娇

而今您不在啦

我哭也哭得那么孤独

笑的声再大

我的世界里

觉得有太多缺憾而不美好

如果有您在该多好

无论是哭还是笑

都不用包裹自己

不遮不掩的

像一只快乐的小鸟

秋季田野里的花生秧

嫩盈盈的红薯苗

长着红缨的玉米棒

累弯腰的谷子穗

开着洁白小花的芝麻苞

都尽懂我的思念

离家很远的地方

走过一片玉米地

在荒草萋萋的山冈上

我看到了您

泪水汇聚成了思念的海

2021 年 8 月 22 日

秋日

蓝天白云晴日欢，
蜻蜓空中舞蹁跹。
一扫往日愁絮状，
高歌一曲唱秋天。

2021 年 8 月 26 日

清晨水塘观景

亭亭白莲田田荷，
阵阵微风水中波。
蝉鸣声声闹盛夏，
小塘芦苇一隅歌。

2021 年 8 月 27 日

早上看月亮高悬空中随感

月亮半露看晴空，
白云朵朵似画丛。
凉风习习宜人天，
沉醉其中乐忘返。

2021 年 8 月 27 日

秋晨

人添衣裳秋添凉，
小鸟凌空在飞翔。
舒人秋风阵阵来，
又是一年秋天畅。

2021 年 8 月 27 日

晨雨

双耳秋雨声，
满眼芦苇丛。
雨阻回家路，
荷亭习气功。
苦练加巧练，
功到自然成。

2021 年 8 月 29 日

折叠

—— 文轩

折叠起夏的酷热
放飞秋的清凉

折叠起深夜的睡眠
睁开惺忪的双眼
聆听滴答滴答的秋雨声声
浸润其中
感受世间的美好

折叠起油纸伞
抖落下雨珠
在二十四桥的明月下
听玉人吹箫
声传大漠边关

戍城楼上

缭绕铠甲鳞片

撩起征人乡思连连

折叠起杨柳枝

皆因飞来是捷报

大破楼兰誓要还

家人征人定团圆

折叠起飘飞的思绪

感受眼前的岁月静好

没有强大的祖国做后盾

和平鸟怎能振翅云霄

又哪来个人的荣耀

折叠起小我的多愁善感

让快乐跟上

多年的艰辛不易

让它飘洒在铺满枫叶的路上

折叠起曾经的鲜花掌声

奔赴新的征程

当秋风的哨声响起

让它见证我的冲刺前行

折叠起爱的思念

等一年的时间

在来年的七夕里深情相忆

折叠起拙文的忐忑不安

在灯下苦读

银辉下练字

只因那轮玉盘飞镜最懂我的秋思

折叠起裙装

把风衣穿上

在丰收的田野

感受穗谷的沉甸

瓜果的飘香

折叠起所有能折叠的元素

装尽对一切美好的向往

2021 年 9 月 7 日

不忘"九一八"

鸣笛声声警世民，

国耻永记仇敌人。

我辈最应多努力，

中华昌盛耀古今。

2021 年 9 月 18 日

今天，14亿人在共唱
生日快乐歌

——献给国庆72周年

72年前的今天

一个伟人的声音划破历史的长空

就连玉兔嫦娥也为之震惊

这个声音从此改写了中国人的命运

这个舵手

从此引领中国人民走向新的历史征程

中国从此不再贫穷落后

不再挨打受欺凌

她要向世人证明中国人的勤劳智慧及不懈抗争

要向全世界宣告中国是条腾飞的巨龙

还要书写历史的气势恢宏

她有56个民族种植的合家欢树

有 14 亿儿女用血肉之躯铸成的钢铁长城

那些侵略者没想到

有志气的中国人会在罗布泊上空炸响

原子弹

更没有想到

中国的宇宙飞船会有 90 天太空停留的倩影

谁想扼制、打压、封杀中国人的崛起

那就是痴人说梦

10 月 1 日

14 亿中华儿女都在为祖国母亲放声高歌

由衷地祝她生日快乐

这一天是赤色的中国

举国上下

到处是红旗飘飘，欢歌声声

国人都在唱"百灵鸟从天上飞过"

在唱《我爱你，中国》

这一天

世界上有一个巨大的生日蛋糕

有 14 亿人在点燃蜡烛

有 14 亿人在祝福共和国生日快乐

几代人的火炬接力传承

再不会有第一次、第二次鸦片战争

若是有人敢肆意挑衅

我们有捍卫国家领土主权的实力与铁骨铮铮

有 14 亿人凝聚的新的钢铁长城

新的领航人有更大的远见和英明

脱贫攻坚、疫情防控就足以向世界证明

全国人民在一道步入小康

觉醒后的中国龙前途将更加光明

繁荣昌盛

这一天

每一个中华儿女都有理由说

祝福我的祖国越来越好

永远年轻

2021 年 9 月 21 日

静立

静立绿林寻幽静，

忽闻鸟鸣秋雨中。

捧读"梦里花儿开"[①]，

"佛堂"[②]村里禅意浓。

2021 年 9 月 22 日

注释：

①"梦里花儿开"：王兴舟先生的散文集《梦里有几朵花儿在开》。

②"佛堂"：王兴舟先生散文集《梦里有几朵花儿在开》中的"佛堂"一文。

晨感

已行数百米，
小亭都未逢。
忽见楝籽满，
槐枝映栏中。
红桥皆落蕊，
仍念秋雨情。

2021 年 9 月 24 日

秋窗

红枫在风中摇曳

杨叶在秋雨中悲凉

柳树的叶子

有的已被秋染成深黄

在空中飞来飘去

想皈依大地

诉说心中的悲伤

一条宽阔平坦的大路两侧

高大笔直的树都披上了金色

叶子被飒飒秋风吹落在地

厚厚的

似盖了一床镶金带绿的被子

谁道是一地枯黄

我独倚秋窗眺望

秋雨绵绵中片片树叶被淋湿

像是浸透了我对一地玉米牵挂的心房

在水中浸泡着的它们

有的还无法归去

无法进入辛勤了一季的

农人的粮仓

2021 年 9 月 25 日

祖国河山一片红

——献给国庆 72 周年

祖国河山一片红

猎猎红旗庆国庆

那一片红

是血染的湘江

是无数英烈走向刑场的悲壮

头可断

血可流

打破旧世界解放全中国的

共产主义信仰不可丢

饱经历史的沧桑

共和国母亲没有忘记

在黑暗中探索追寻的先驱

没有忘记无数英勇牺牲的将士
不能忘记"雨花台"
不会忘记"九一八"
更不会忘记两万五千里长征的壮举
及改写中国历史命运的"三大战役"

花儿为什么这样红
因那是无数先烈滴滴鲜血浸染而成

共和国从没有忘记来时的路
没有忘记那些甘愿牺牲一切的优秀儿女
国家烈士纪念日便是永远的铭记
只因英烈们的壮举感天动地

共和国的今天来之不易
吾辈自强
更应珍惜先烈们已奉献的身躯

祖国为什么能腾飞
那是因为有党领导下的华夏儿女空前的
凝聚

抚今追昔

只有中华强盛

红色血脉赓续

那首祝福祖国母亲的《生日歌》才会更加

动听

祖国才能更加朝气蓬勃

永远年轻

2021 年 9 月 29 日

夜游徐州云龙湖畔抒怀

波光粼粼映山川，
更有莲花瓣座看。
燕雀展翅欲飞翔，
璀璨灯火一线天。

2021 年 10 月 3 日

暂坐

暂坐在天安门广场

找寻 72 年前伟人声音的历史回响

看着迎风招展的红旗

心潮澎湃

忆起新中国成立的不易

生活的闲暇

想寻一片绿丛暂坐

听娇莺呢喃

看雁鹊飞翔

或听秋雨淅淅沥沥

也或捧书醉在知识的海洋

想驱车盘绕在十八弯的山路

搜寻依崖而建、傍溪而居的千年古村

在石墙石窗石屋石磨旁暂坐

找寻先人日出而作，日落而息

饥则择食的远古时代

想在唐诗宋词里暂坐

感受诗仙李白的浪漫豪放

诗圣杜甫的现实孤高

想与婉约词家有一场邂逅

用圆润清丽的语言来影响自己的文章格调

想在春光里暂坐

看杨柳垂髫

万花争艳

想暂坐在炎炎夏日

用蒲扇传递清凉一刻

用夏的激情把世态炎凉燃烧

想在秋天里暂坐

看满城的金菊

或在色彩斑斓里

看百谷的丰饶

抛却都市的喧嚣

想沉淀自己，脱去浮躁

能遭遇一场大雪

暂坐在茅屋里

感受风雪夜归人的凄寒和冷峭

假使暂坐在高空

与朵朵白云一起飘飞游弋

便能看更多的炊烟袅袅

想策马扬鞭

飞奔在无垠的草原上暂坐

吮一棵青草

看牧羊人困顿后羊群却在悠闲地吃草

想在大漠里暂坐片刻

听驼铃声声

看茶马古道

看驼队的跋涉

及在烈日暴晒下的干渴和辛劳

想在古代和现代时空里穿梭

想在世间的人生百味里暂坐

2021 年 10 月 2 日

煎饼娘

绿色毛巾裹头顶，
红色围裙系腰中。
煎饼鏊子有序转，
薄薄蛋饼入口中。
游客皆夸手艺好，
薄薄煎饼酥又松。

2021 年 10 月 5 日

赞沂蒙山红嫂

红嫂精神美名扬，
大爱无疆万古芳。
滴滴乳汁情似海，
军民鱼水一家亲。
疗伤过后返战场，
勇猛杀敌逞英豪。
沂蒙捷报频频传，
革命胜利有红嫂。

2021 年 10 月 5 日

登泰山

国庆假期吾有闲，

浓雾重重登泰山。

雾湿脸颊且舒爽，

道路漫长又艰难。

意志不坚不登攀，

谁言久违已八载。

千难万险拾级上，

饥肠辘辘午时整。

山东煎饼来充饥，

冷风嗖嗖取水瓶。

南天门前红旗展，

更喜胜登玉皇巅。

风雨冰雹雾时降，

满心欢喜尽开颜。

2021 年 10 月 6 日

歌声

走在林荫久未停，
忽有歌声穿林空。
寻觅声从何处来，
广场东北晨练声。

2021 年 10 月 8 日

贺杨建平老师喜入陈式太极拳
第十一代传承人谱系

国庆刚过重阳到，

浏览群内有喜报。

欣闻陈氏增传人，

吾师题名弟子笑。

传承拳术明戒律，

寒暑习拳技可高。

艺精定能撑门庭，

发扬光大自不骄。

2021 年 10 月 11 日

题重阳

吾爱菊花黄，
今日逢重阳。
愿君开口笑，
长寿又健康。

2021 年 10 月 14 日

拜谒二帝陵

颛顼帝喾二帝陵，
苍松翠柏掩映中。
万代子孙皆拜谒，
人文始祖一脉承。

2021 年 10 月 15 日

题"五帝同根"树

五帝同根血脉亲，
同根同源又同心。
枝繁叶茂庇后世，
护佑中华万代人。

2021 年 10 月 16 日

中华兰雅杯诗词大赛有感

亲朋伴我四十天，

参加兰雅诗词赛。

赛手个个诗词精，

难得机会长才情。

亲点友赞皆忙碌，

竞争激烈圈波动。

金指彰显满心爱，

合心聚力点赞增。

大赛出炉获佳绩，

心情激动添豪情。

矢志用心写好诗，

出发再攀新高峰。

紧抱双拳诚致谢，

誓用精言写秋冬。

2021 年 10 月 20 日

重看红旗渠

红旗渠绕太行山，
绿水长流暖人间。
风华已愈六十载，
堆烟杨柳见变迁。
命悬一绳凿峭壁，
千锤万击穿山来。
自力更生有志气，
誓把山河重安排。
漳河水罩也引来，
林县人民笑开颜。
吃水不忘挖井人，
修渠精神万代传。

2021 年 10 月 22 日

敬苍茫

苍茫大海色
月朗风至清
玉盘逐水影
喜笑颜开景
孤舟泊野渡
无人独自横

足岸苍茫地
万家灯火明
既无征人去
也无捣衣声
万般即和谐
皆因盛世逢

遥望大草原

苍茫绿色中

一排人字雁

展翅南飞行

马蹄琴声声

舒润马奶酒

牧民欢乐庆

因苍茫

如同生命离不开的氧气

充斥四周

却大爱无形

似竹篱

菊花丛丛

悠然南山

不见陶公

渺渺寰宇

从无边际

找寻鸳鸯睡暖的沙洲

需多远的距离

翱翔于大海上的海鸥
穿越了多少次的时空

真实存在的一些事物
只知道如影随形
却不见踪迹
因而
只能梦幻其中

苍苍茫茫
笼盖四野
日月星辰
电闪雷鸣
自然界的一切
似乎都装在它的筐中

试 "问苍茫大地，
谁主沉浮"①

缘于这一切
对苍茫

一个"敬"字
永藏心中

2021 年 11 月 4 日

注释：

① "问苍茫大地，谁主沉浮"：出自毛泽东主席的《沁园春·长沙》。

立冬前夜

秋将离去多不甘，

化作雨声伤心肝。

更有狂风助其殇，

晓来已是冬日天。

再到人间三六五，

何不顺其自然缘。

2021 年 11 月 6 日

立冬二首

其一

听雨一宿过，
醒来即冬日。
撩窗看院内，
满是雪花落。
时令更迭急，
两鬓萧萧多。
谁有万般力，
留住岁月过。
寰宇笑人间，
人多又奈何。

其二

冬日逐秋迹，
枫叶铺满地。
待到春驱冬，
花俏镶绿枝。

2021 年 11 月 7 日

晨燕

两只燕子栖窗台，
一抹金光穿林来。
盘旋几匝高飞去，
空有棂栏寂寞待。

2021 年 11 月 8 日

蜻蜓风筝

四根彩柱立空中，
红腰绿尾舞顶层。
蜻蜓惬意又兴奋，
一飞冲天高空行。

2021 年 11 月 10 日

观风筝

一眨一眨像星星，
两排平行在天空。
七彩霓虹逐闪亮，
仰望高处是风筝。
天高地远任其飞，
一根筝线定"乾坤"。

2021 年 11 月 10 日

题红豆树

湖水柳树两含情，
芦苇荻花风色青。
更喜眼前一棵树，
红豆簇拥笑颜生。

2021 年 11 月 11 日

题洪河冬晚

诗意浓浓初冬晚，
黄叶满地随风卷。
鸿雁声声飞天际，
放眼已是夕阳天。
更喜清波急流湍，
洪河堤岸新月弯。

2021 年 11 月 15 日

十一月十七日上午诗两首

其一

捧书吟诵湖岸边，

抬眼水鸟露头尖。

拿笔欲描其形态，

只见一跃潜深渊。

其二

水映芦苇苇绕水，

鸟鸣啁啾藏芦苇。

一鸟掠过水面上，

塘边空留读书人。

2021 年 11 月 17 日

雨中登鲁班壑

雨中登山情，
蔓枝挂珠浓。
细雨密密织，
休阻我前行。

2021 年 11 月 20 日

题小雪节气

北风嗖嗖黄叶卷，
衣袖紧揣御风寒。
蓝天阳光相伴随，
不见雪花降人间。
若有瑞雪飘飞来，
琼楼玉枝入诗篇。

2021 年 11 月 22 日

凭栏即景

小廊曲折静幽幽，
芦苇荻花寒中愁。
浸水枫叶无言语，
凝看柳叶水中游。

2021 年 11 月 23 日

杨树绿柳芦苇影

绿叶红叶映水中

一幅画扇倩影

岸上杨树生

绿柳映水中

万条绿带愈葱茏

似在水中泳

塘边芦苇水中影

湖面如磨镜

2021 年 11 月 24 日

故乡十二月

我的故乡

是除夕

一家人围坐在一起亲手包的饺子

是正月里的年糕

是在欢声笑语中燃放的鞭炮

是大年初一

穿上新衣　戴上新帽

成群结队地去磕头拜年的喜庆和热闹

我的故乡

是二月二的龙抬头

是三月十六

古庙会一勺黄咸豆给我的美梦萦绕

是四月的槐花飘香

是五月麦收农忙的辛劳

我的故乡

是六月里

姥姥和舅舅送来的白面羊糕

是七夕夜

母亲给我讲的牛郎织女的情牵梦绕

是八月十五

母亲烧火蒸的撒了芝麻的糖饼

是九月九

母亲给女儿蒸的花糕

我的故乡

是十月初一

我趴在坟头哭泣时对爹娘的思念

是十一月里母亲给我的生命和襁褓

我的故乡

是腊月里

母亲拿起碎粉笔头和剪刀裁剪的衣服

是母亲坐在缝纫机前用脚蹬轮子转的坐标

我的故乡

是村头的水塘和老柳

是父老乡亲家里飘起的炊烟袅袅

而今

故乡是牵动我回家的筝线

不论她的儿女走得再远

飞得多高

她只要轻轻地往回一拽

我就会快乐地投入她的怀抱

去看一看她的新颜

也找寻下儿时的欢乐和童年的歌谣

2021 年 11 月 25 日

获牌有感

——欣闻文峰区成功入选 2021—2025 年
"全国科普示范县（市、区）"

不畏庭前车马稀，
幽草芬芳终有时。
坚守八年①又何妨？
摘取两度金牌②喜。

2021 年 11 月 26 日

注释：

①八年：笔者在科协工作将近八年时间。

②金牌：借指中国科协授予的"全国科普示范县（市、区）"的最高荣誉。